PETER WAWERZINEK

DAS KIND
DAS ICH WAR

Dezember 2001

Geschenk

von Pietras

Diezunka

„Ein schönes Buch"

Gneisenaustraße 2
10961 Berlin

2. Auflage 1995
Layout und Umschlaggestaltung: Gudrun Fröba
Foto des Autors: Renate von Mangoldt
Druck, auf säurefreiem Werkdruckpapier der Firma Salzer,
und Bindung: Kösel GmbH, Kempten
ISBN 3-88747-094-X

PETER WAWERZINEK

DAS KIND DAS ICH WAR

: TRANSIT

Für meine Tochter Augusta

MEINE HEIMAT ist Mecklenburg. Meine Vaterstadt Grimmen. Meine Muttersprache wohnt in der Gesichtsfarbe der wetterfesten Bauern. Von den Tieren auf dem Wasser habe ich meine Fröhlichkeit. Den Schollen im Wasser verdanke ich meinen Ernst. Die Traurigkeit der Quallen nahm mich bei der Hand. Ich bin ein Liebhaber von geborgenen Feuern, wie sie in den Räuchertonnen der Fischer lodern. Und ich kann, zwischen Steinen hingestreckt, die Nacht am Meer ausharren. Ich bin ein großer Wolkengucker.

Ich wurde geboren und weigerte mich, zu atmen. Mein Puls ging mit den Jahreszeiten. Als ich ins Heim gesteckt wurde, war ich ein zarter Same, ein nichtiges Korn im Sand.

Ich wuchs auf. In einer Natur mit steifem Nord und Nordost. Mit hartnäckigen Windböen gespickt, kamen meine Jahre. Als die Rostocker Innenstadt wiederaufgebaut und Wiesen trockengelegt wurden. Wo die zukunftsweisenden Zauberworte Melioration und Rinderoffenställe waren. Gebilde, von denen Bauer Pöschke sagte: *Is schon schlimm, daß man nicht recht aussprechen kann, was einem zudem nicht recht in den hohlen Kopf gehen will.*

Da woher ich komme, geben windschiefe Krüppelkiefern am steilen Ufer der Landschaft ihre Note. Die Postfrau wußte alles und kannte jeden und stand viele Stunden mit den Leuten herum. Um alles und jedes zu bereden.

Da woher ich bin, hält man sich Schweine und bernsteinfarbene Hühner. Ruf die Hühnchen, daß sie kommen, bring ihnen Körner als Willkommen. Seltener Schafe. Wie der Böttchermeister zu Kröpelin. Dem zwei wollige Knäuel im Kampf gegen die hartnäckige Brennessel zur Seite standen.

Die Kinder der Leute trugen blonde Schöpfe und waren in ihrem Gesicht von Sehnsucht gezeichnet. Man munkelte, sie wären zu nachtschlafender Zeit über dem erleuchteten Mondsee erschienen. Mit wallendem Haar, jedes auf einem Stück Holz, in großer Schar. Ein Teesieb zum Segel umfunktioniert. Irgendein Gerät von Omas Spindel als Ruder.

Die Söhne der Leute in Mäkelborg wurden, was die Väter waren. Die Väter der besseren Söhne waren Bauern oder Arbeiter.

Die Arbeitersöhne werkelten am Rande des Ortes in einer niedrigen Metallfabrik. In den dunklen Hallen schweißten sie, wenn der Plan erfüllt war, Gartenzäune und schnörklige Kerzenständer, später sogar originalgetreue Schaukeln namens Hollywood.

Die Haut der Töchter der Väter war lichtweiß, wie aus Sand vom hellen Strand gebacken gingen sie im Dorf um. Als träumten sie durchweg von einem eigenen Frisiersalon. Die meisten von ihnen wollten Mannequin werden und hatten im schönsten Sommer noch die dicken Strumpfhosen zu ertragen. Die Töchter der molligen Fischerinnen waren schlank und biegsam. Geradeso, als könnten sie durch sämtliche Schlüssellöcher gehen. Die Mütter und ihre zierlichen Töchter hatten gewöhnlich Sommersprossen und eine gräßliche Aussprache. Sie saßen im Hof und schauten den Vätern beim Netzeflicken zu. Die Männer der bolzigen Frauen trugen über ihren dicken Joppen lange Schürzen. Brüchige Lackumhänge, an denen getrocknete Fischschuppen flimmerten.

Die Väter unserer Väter, sagten die Söhne der Väter voller Stolz, stachen wie deren Väter immer schon in See. Weit vor dem Sonnenaufgang zogen sie mit ihren Netzen Fische ans Land. Der Fischer Scheller sang: ›Im Wasser schwimmen die Fischlein herum. Bald sind sie grad, dann wieder krumm.‹ Mal fingen die Fänger viel. Mal kriegten sie nur ein paar Schollen zu fassen. In schlechten Zeiten verfingen sich ausschließlich Muscheln und Krebse in den engen Maschen.

Von den Fischern hieß es, sie seien die gebildetsten *Mannen vonner Küst all Tied wast*, weil sie früher schon besser als der Pastor schreiben und vor allem gut rechnen konnten und 'ne Menge aus den Atlanten der See zu lesen verstanden, ohne daß die Schule nachzuhelfen brauchte.

Die Kinder vom Fleischer hingegen waren dick und ungemütlich. Ihre Pausenbrote waren extraordinär und prall belegt. Sie waren in der Schule denkbar schlecht. *De süln rechens liern, dat langt hin,* um das Geschäft zu übernehmen, sagte der Fleischer jedem, der's fast schon nicht mehr hören konnte. Die Frau des Fleischers ging beschämt *achtern*, wenn der Fleischer vor all den Kunden so ungeniert, was Pauker im Dorf war, heruntermachte.

Der unfaßbar wetternde Metzger hatte es besonders auf das Frauenvolk der Lehrer abgesehen. Nervenaufreibende Puten, die sich zierten und mäkelten: ›Das wird meinem Gatten wohl doch nicht zusagen.‹

Meine Haut war vom Sand blankgerieben. In meinen Knochen rauschte das Meer. Meine Hände waren auf dem Rücken gerifft. Hinter den Ohren wuchs mir türkises Moos. Meine Lippen schmeckten nach Salz. Meine Füße gingen im Schaum. Die Gischt war bisweilen wie Eigelb getönt. Ich trug die Wolken als Schmuck auf dem Kopf. Mein war der Sterne Wimmern. Mir galt der totenstille Teil der Nacht. Ich vernahm die Schreie der Versunkenen aus der Meerestiefe. Ich hielt gestrandete Quallen in meinen Armen und wiegte sie in den ewigen Schlaf. Das Böse schlug wie Wellen auf mich ein und glitt mir wie Wasser den Buckel herunter.

Der Figaro des Dorfes war ein lautloser, hündisch nickender Mann. Außen Hui und innerlich Pfui. Ein durchtriebener, verräterischer Kadaver. Er band einem den steifen Umhang wie eine Fessel um. Ließ sich zum Hohne sagen, wie man sich die Frisur vorstellte. Ehe er: ›Ay, ay, verstanden Sir!‹ machte und zack war man wieder wie stets viel zu hoch überm Ohr zur Bombe ausbarbiert. Ein untertäniger Lump, mit bösen Mächten im Bunde, die wild um sich spien gegen die neuerlichen Moden, denen wir zu frönen suchten. Unbeschreiblich, wie die Alten gegen Zottelköppe donnerten und blitzten. Wir aber wollten mit den Beatles wachsen.

In der Bank vor mir saß dann einer, dessen Eltern nicht erlaubten, daß er Pionier wurde. Sie sollen schriftlich ausgeführt haben, daß ihr Bürschchen ohne die langen Haare segelohrendumm wirke.

Die Männer meines Landstriches hatten grobschlächtige Prankenhände und konnten zupacken. Wenn sie wollten, ein Pferd im Galopp sperren. War nichts zu tun in der Fabrik, lagen sie mit freien Oberkörpern wie Tote in der Gegend.

Mittwochs um eins brüllten die Sirenen. Die Sirene unseres Dorfes schrie mit den Sirenen der Nachbardörfer um die Wette. Nach getaner Arbeit saßen, *wo ik tau Hus wier,* die Männer in der kargen Eckkneipe. Gegenüber, wo früher der alte Kaufmannsladen und die blauweiß gekachelte Fleischerei standen. Man wendete sich gern dem Spiele zu und genoß die Völlerei. Man hockte unter allerlei Seemannskram und haute sich die Hucke voll. Man sah schon die ölige Geschmacklosigkeit, die ein Heimatmaler gepinselt hatte, der das Meer nicht gut malte. Was einem besonders ins Auge stach, wenn man längere Weile gedankenverloren auf die Leinwand blickte. Es hieß, der Kunstschaffende habe null Ahnung von der Seefahrtskunst. Denn auf dem Bild, das den Fischern impertinent in die Birnen stieg, grad wenn sie Bier und Korn schluckten, hatte das Mannsstück ein Fähnlein am Mast gegen den Wind wehend ausgeführt.

Die jungen Burschen, den *Modder* ihrer Dreckswege am Stiefelschaft, schlurften herein und warfen ihre Mützen in die Kleiderablage. Sie klopften mit den Fingerballen auf die Tischplatten, setzten sich auf ihre angestammten Stühle und droschen prompt Karten. Die jungen Kerle tranken wie ihre Väter. Sie soffen *bi Nacht un Dach* das flüssige Brot in heftigen Zügen. Sie redeten die ersten Jahre noch recht flott und manchmal regelrecht viel und wurden mit der Zeit immer stummer, bis sie zu guter Letzt so mundfaul wie ihre Vorfahren im Gastraum griesgramten.

Die Söhne der Bauern waren schlimme Lümmel. Nichts Verwerfliches war ihnen fremd. Die Bauernjungen waren Tage zwischen Bohnen, Kohl und Karotten in den Furchen und wußten nicht, daß man Gemüse nie mit dem Messer, sondern immer mit der Gabel zerteilte und frisches Obst mit einem Obstmesser aufgeschnitten wird. Was Wunder, daß sie den Mädchen frühzeitig hinter die Röcke jagten. Und den Küster bis auf Jesus' Knochen reizten. Und mit den Beinen in einem Brei aus Lehm und Kuhmist zusehends alt wurden. Sie stützten ihre Scheunen, nützten ihre Äcker und wandelten Arbeit in schießende Saat. Sie blieben allein. Sie lobten die Sau, kraulten den Gaul, küßten die Legehennen und hatten keine Menschenseele richtig lieb. Sie fummelten auf dem Maschinenhof an rostigen Kombinen, schmierigen Treckern und bastelten stumm an sonstiger Gerätschaft. Und gingen mit Schwarzhänden und blauroten Nasen durchs Dorf.

Ich rannte drei Hasen hinterher, um drei Hasen aufzugeben. Ich sprang von Ast zu Ast und ließ mich hinabfallen. Ich lachte. Ich posaunte, wenn Einsamkeit ein Mantel wäre, würd' ich ihn abtragen. Ich speiste am liebsten Pellkartoffeln mit Butter und Quark. Andere hingegen standen auf Bratkartoffeln und Sülze. Ich fühlte mich wohl auf Erden. Keinerlei Zerknirschung wohnte in meinem Leib.

Wo ich wie ein Gössel aufgezogen wurde, bekam, wer wollte, ein Stück vom Wäldchen vor der Küste in Pflege. *Und de See towte as wie en will Diert un't bitt Johr vör Johr de Äuwer enttwei.* Das Wasser nagte zur Herbstzeit am Steilufer, riß ungehindert große Teile mit sich fort. So daß die Wege entlang der Küste ständig neu weiter nach hinten verlegt werden mußten. Und alle fünfzig Jahr gefror die See, türmte das Eis in großen Platten übereinander. Da war ich acht, und aus dem Nachbardorf, hieß es, waren zwei nach Dänemark ausgebüchst. Mußten über die Glacehalden auf dem Bauch gekraxelt und wohl mit abgefallenen Ohren in die Freiheit gerutscht sein.

Das Heimkind das ich war, wuchs hinter festen Mauern in einer rotbeleuchteten Kükengemeinschaft. Die einklassige Schule, von der die Alten sagten, ihr Niveau hinge allein von der Güte des jeweiligen Lehrers ab, habe ich nicht mehr erlebt. Ich trug das halbe Jahr Holzpantoffeln und wohnte in einem Zwölf-Mann-Schlafsaal. Wenn die Pantinen beim Schuster waren, konnte ich nicht auf die Straße gehen.

Im Jahr kamen mehr Urlauber ins Dorf als es Einwohner hatte. Die Urlauber sprachen ein breites Kauderwelsch. Sie sagten zur Hose Hase und zum Hasen Hose. Sie riefen dauernd ihre Männer mit *Kuck ma här* zurück. Die Männer trollten sich ungern zu ihren Frauen an der Schaufensterscheibe und trugen lustige Hütchen auf ihren dicken Köpfen. Einige hatten Wasserbälle unter ihren Armen, die so dick wie ihre Bäuche waren. Die Urlauber rieben sich mit Ölen ein und trugen verspiegelte Sonnenbrillen. Sie sagten, daß die Gegend an sich nichts hätte, wenn da nicht das schöne Wasser wäre. Die Urlauber kleckerten Burgen und bauten aus allen Materialien mächtige Windschutzvorrichtungen und kreischten im Wasser wie unter Monstern.

Die der Natur verbundenen Ur-Lauber wohnten in großen, stillgelegten Wohnwagen. Dann wurden diese verboten, und die ersten Wohnmobile tauchten auf. Dann kam eine französische Delegation in den Ort. Der Bürgermeister begrüßte die drei untersetzten Lehrerinnen und den dürren Pförtner einer französischen Fabrik auf höchster Ebene. Die Franzosen mußten an einer Parteisitzung teilnehmen. Das heimatliche Museum und das neue Landambulatorium besichtigen. Im Museum blickten die Gäste auf eine mecklenburgische Haarhaube und eine japanische Gebetsglocke und zwei englische Kaminhunde. Man lud sie zur Jugendweihe. Und die Gäste betonten, daß sie so etwas noch nie zuvor erlebt hätten. Auf dem Zeltplatz im Nachbardorf waren die Toiletten noch nicht in Herren und Damen aufgeteilt, aber ständig verstopft. Die Fischer mußten sich in ein für sie eingerichtetes An- und Abmeldebuch eintragen, damit die Wasserpolizei wußte, wer zur Zeit mit welchem Boot und welcher Begleitung auf See war.

Wir waren stolz auf unsere See. Und wußten mit den Bergen nichts anzufangen. Die Alten sagten, das Meer könne nicht einstürzen, weil es von keinem Menschen erbaut wurde. Der Himmel wäre ewig, so wie der Wind die Zeiten überlebt. Die großen Scheunen waren aus Holz. Unter ihren Dächern lag das Stroh der vergangenen Jahre. Am Abend traten die scheuen Rehe aus dem Wald. Die Kriminalpolizei ging im Ort um, führte Kontrollen durch in Bezug auf Westfernsehen, wie offiziell im Konsum getuschelt wurde. Wir duckten uns zwischen die Schulbänke und trafen so Maßnahmen gegen den Abwurf einer Atombombe.

Heimer, so habe ich oft reden hören, sind dauerhafte Charaktere. Sie könnten fließend flämisch. Sie wären patente Kerle, träfe man bei ihnen den rechten Pflock. So sängen sie einem schöne Morgengrüße unter den Treppenstufen und Dachrinnen. Ihre Könige wären Steinzerbeißer und trügen einen Liliputaner unter dem Herzen. Heimkinder wären nicht gerade Missionare der Pausbäckigkeit, hieß es weiter. Ihre Ohren hätten sie falschrum am Kopfe. Die Augen wären Tassen ohne Henkel, in denen sie schwappend Eindrücke verplempern.

Über dem Meer schwebten mitunter seltsame Lichter, von denen allerlei gemunkelt wurde. Und manch eine Königin soll in einen Orkan geraten, samt Boot ans Ufer geschleudert sein und habe gelobt, weil sie die Torturen überlebte, am Überlebensort eine Kirche aus den Quadern ihrer Dankbarkeit zu errichten. In der fein ausgemalten, sehr barocknahen Kirche stand eine Sanduhr auf der Kanzel, daß der Pastor nicht überzog. Die Gläubigen kamen in ausgeklügelter Reihung, der Ranghöchste voran, zum Gebet. Die reicheren Bürger trafen zuletzt ein und hatten ihr ganz persönliches Gestühl, worauf sich kein anderer setzten durfte. Erst wenn die Autoritäten Platz genommen hatten, verstummte die mächtige Glocke und die Orgel hob ihr Geträller an.

Wir wären herrenlose Kinder, wußte einst eine Forscherin aus der Kreisstadt zu berichten. Wir würden irgendwie Klempner oder Knasti, doch zumindest wäre niemals einer von uns je zum k.o.-Schläger geworden. Wir wären Verlierer auf Lebenszeit, schrieb sie. Die Vierfruchtmarmelade sei uns, was den feinen Herrschaften Schampus sei.

In der Landschaft grasten die schwarzäugigen Kühe hinterm Koppelzaun. Mancher Hahn krähte in der Frühe in einer so bedrückenden Intensität, daß der genervte Nachbar durch den Trennzaun brach und ihm den Hals umdrehte. Die alten Frauen kochten den Hühnern Kartoffeln, die sie mit ihren rissigen Händen zu Brei quetschten. Ehe sie Körner und zerschlagene Eierschalen daruntermischten. Im Winter gab es Glühwein und in der Röhre gebratene Äpfel. Man aß geriebene Gänsemägen und räucherte sich Putenbrüste. Der Salat wurde mit Essig und Zucker angemacht. Man kochte Blut und Rosinen zu einer Masse, die man *Snuten un Poten* nannte und mit Bratkartoffeln den Gästen oder an Festtagen auftischte. Den Kindern wurden zu Weihnachten aus Mürbeteig *lütten Kinnjes* gebacken. Die alten Männer hauten Waken ins Eis und angelten den dünnen Aal, der von den Großmüttern zum Suuraal in Gelee gewandelt wurde. Ein Leckerbissen, den man rechts links packte und durch die Zähne zog.

Mein Werden war von Anbeginn ein barfüßiger Gang durch Stoppelfelder. Wie schmutzige Fingernägel waren unsere Gedanken. Es war nicht einfach, anständig zu bleiben. Keine Gelegenheit für langes Trällern. In meiner Seele kerkerte ein dickköpfiger Flötenspieler mißgelaunt sein Instrument, dem er jämmerliche Töne entrang. Wir bewegten uns wie gestrandete Robben bäuchlings durchs Leben. Unfähig, bleigraue Tiefen zu gewinnen, gar der Brandung zu entfliehen, wurden wir wie Packpapier stapelbar.

Über die Lautsprecher auf dem Flur im Heim kroch oft der Radetzkymarsch. Wir gingen selten spazieren. Die uns mitleidig betrachteten oder befangen über den Schopf strichen, sprachen uns Mut wie einer Sauerteigmasse zu.

Die Nebel hüllten mich. Wie Zwangsjacken, die man nicht so mir nix dir nix zerriß. Ich erinnere mich grell. Wir waren unter Buchen giftige Pilze verfluchen und bei den Linden den Pfifferling nicht finden, als ich aus Versehen einem Hund auf die Hinterpfote trat, daß er jaulend fortsprang und für alle Zeiten auf drei Beinen durch meine Träume humpelte. Ich schlief wenig und schlecht.

Meine Hoffnungen verklumpten mit den ziehenden Wochen. Meine einst biegsamen Emotionen wurden wie Stahl zusammengeschweißt. Die Ängste fügten sich zu einem Container, den ein Kran in den dunklen Bauch eines fremden Frachters senkte.

Ich lag verkeilt und hörte die Männer an Bord von Tauchtiefen reden.

Das wahre Leben lief in den Kneipen ab. Pausenlos fand sich ein Hein, der dem Kuddel zustimmte, oder es saß der Pitt bereits bei Hanning am Tisch. Die Zecher tranken, bis keiner nicht mehr recht von seinem Hocker hochkam. Und schleppten sich angestrengt vor ihre Pforten.

Der erste Wirt meiner Kindheit hatte struppiges schwarzes Haar. Hinter der Schankwirtschaft stand sein Taubenhaus. In dem Häuschen bewahrte er Brieftauben, mit denen er Wettbewerbe bestritt. Über seinem Tresen ein von Kinderhand gekritzeltes, reizvoll gerahmtes Gedicht, in welchem es sinngemäß hieß, daß morgens zu öffnen sei das Taubenhaus, dann flögen die Tauben fröhlich heraus, übers grüne weite Feld, grad wie es ihrem Meister gefällt. Und kehrten sie abends zur Ruh, macht der Taubenmann die Kiste wieder zu. Der Wirt schien mir einer von diesen verwegenen Burschen gewesen zu sein, von denen man in den Büchern las. Ich meinte, er habe die Länder der Welt wie Kieselsteine in der Hosentasche. In Wahrheit war er ein ahnungsloser Muskelschrank, der im Gegensatz zu seinen Tauben das Dorf nie verlassen hatte.

Er sprach kaum ein Wort und achtete darauf, daß niemand in der Trinkstube durch Plauderlust den Rest der Stammschaft verwirrte. War jemand solchermaßen von der Rolle, wie es hieß, entzog der Hausherr dem Störenfried kurzerhand den mit Strichen gesäumten Bierdeckel.

Da woher ich komme sind die Häuser aus dunkelrotem Stein gebacken. Flach wie glubschäugige Schollen liegen die Orte. Wie Hechte in die Gegend gestellt Türme und Kirchen. Um die Häuser lagerte verstreuter Kleinkram. Von Hecken, die stachligen Knurrhähnen glichen, fest umschnürt Hof und Haus. Die ursprünglichen ältesten einstöckigen Hütten besaßen zu Zeiten des Strandvogts rechts und links der Diele je zwei große Zimmer und die Küche war nach hinten raus. Das Klosett stand noch außerhalb, und Wasser wurde aus der Pumpe geholt. In der Scheune lagerten Boote neben Fischernetzen. Hinter der Scheune, in einer bodenlosen Tonne, wurde der Aal mit *Wiedenolm oder Dannen un Eikensagels* geräuchert.

Man hatte im Normalfall einen wohlgeordneten Garten mit adretten Blumen und Zierbäumchen nach vorne hinaus. Nach hintenheraus machte das Kleinvieh in seinem wilden Gatter Mist. Neben den Häusern waren Wäscheleinen zwischen Baumstämme gespannt. Die Wäschestücke wedelten über die fetten grünen Rasen.

Man fuhr, wenn es windstill war, mit dem Boot an die Flecken, wo sich der Aal sonnte. Man lauerte ihm mit einer fünfzackigen Apparatur auf. Der gestochene Aal wurde in eine löchrige Kiste gesteckt, die man, am Boot festgebunden, unter Wasser ans Land zog, damit der Aal nicht vor dem Ausnehmen verendete. Einmal, in der Nacht vor einem hohen kirchlichen Feiertag, so ging die Sage, wäre ein Fischer mit seiner Fackel zum Aalstechen ausgelaufen und, während die Leute fein hergerichtet zum Gottesdienst gingen, immer noch nicht heimgekehrt und für immer verschollen geblieben. Jedes Jahr um exakt die nächtliche Zeit sah man nun ein Licht auf dem Wasser irren, das von den Einwohnern das *Blüslicht des ewigen Aalblüsers* betitelt wurde.

Ich wünschte Matrose zu werden, auf einem seine Kreise ziehenden Boot mit möglichst närrischer Besatzung. Ich würde ein lachender Kapitän, sagte ich mir, der die gesamte Tonnage für zwei Wahrsagerkugeln eintauschen würde.

Da wo ich Kind war kam höchstselten ein Fahrzeug vorbei. Wenn mal etwas haarscharf an einem vorbeibrauste, war es der bucklige Herbert auf seinem quietschigen Klapperrad. Das Rad quietsche, hänselten die Leute, weil der bucklige Herbert man stets so in Eile den Ort durchsauste. Weil man sich den Buckelherbert nicht ohne Fahrrad denken konnte, hielt man ihn bald für einen quietschenden Maschinenmenschen, den es zu ölen oder zu reparieren galt. *Dat mit sin Unruh kümmt vun sien Buckel,* der dem Herbert seine innere Beschaulichkeit abgesogen hat, sagten die Leute. Denn normal *wier dat nich, dat hei* so viel mit dem klapprigen Rad im langweiligen Kuhdorf nach dem Rechten *kiekte.*

Ich schwebte wie ein Seepferd über die Holpersteine. Ich drehte mich beim Schweben um die eigene Körperachse. Ich schaute hinter jede Wand. Ich blickte in jedes Gebüsch. Meinen Spürsinn formte ich mir zur Tragetasche. Ich sprang durch Tann und Gestrüpp. Ich lief querfeldein, hoppelte über Zäune, fiel auf Schotter. Ich rutschte am Gefälle aus, hangelte am Hang und stürzte abermals hin. Meine Knie waren ständig geschürft, die Arme verschorft. Meine Beine jonglierten überm Rübenacker. Traktoristen grüßten mich lachend. Das Sommerkorn reichte mir bis an Kinn. Aus Butterblumen flocht ich Kranzgebinde. Ich latschte durchs Getreide. Ich latschte durch die Saat. Wir knackten der Buche Eckern. Was kümmerte uns der Staat. Auf der Nase keck ein Ahornblatt, rannten wir zum Wäldchen. Die Käfer im Mai sammeln. Wir schüttelten sie mit dem Frühtau von den zartfrostigen Ästen. Wir steckten die Leblosen in einen Schuhkarton, in dem sie vergeblich um Gnade kratzten.

Ich lief mit den Winden die Küste entlang. Ich legte mit meinem Freund heimlich Aalschnüre auf den Grund des Haffs. Aus den großen Städten kamen die Leute, quartierten sich bei den Fischern ein und frühstückten im Freien. Es gab bald die ersten Strandfeste mit vielerlei Schabernack und Lampions. Die schönsten Badenixen wurden an Arm und Bein gefaßt und ins Wasser geworfen. Die Winde brachten Illegales. Die Winde verliehen mir Schwingen.

In meinen Schuhen war allzeit Sand. Die Silbermöwen geiferten. Es blühte in jedem Jahr der Holunder. Und die Fischer gingen noch auf Krabbenfang. Unbekannte große Wale kreuzten vor den Küsten, lösten Jagdfieber in allen aus. Im Herbst stand der Weißdorn. Von den Stapeln der Werft rutschten schöne Kutter für die Sowjetunion ins kalte Naß.

Mein Haar roch nach Tang und Meer. Um den Hals trug ich ein Lederband, an dem ein durchlöcherter Stein hing. Ich spielte mit Tauwerk und Donnerkeilen. Mein Tagewerk spannte sich über Dünen und Pfützen zu einem breiten blauen Regenbogen. Ich kannte alle Orte der näheren Umgebung. Ich sprach mit den von Strandhafer überzogenen Dünen. Die Möwen schrillten wie kleine Petzen. Wo ich ging, sagten die bemuschelten Steine: ›Willkommen‹. Der Kirchturm meines Kaffs trug den gleichen verlegenen achteckigen Bischofshut wie der Kirchturm der Nachbargemeinde.

Ich mochte die dicken Ackerpferde des Gärtners gegenüber der Maschinenstation, erstaunliche Wesen, allzeit am Wegesrand des Kutschers harrend und ihre Mauleisen zu dickeweißem Speichel malmend. Die dunklen Hufe von hellbraunen Haarkränzen verziert.

Ich hatte früh schon ein Taschenmesser. Ich schnitt mir der Weiden Geäst. Wenn die Bauern die Rüben aus der Erde zogen, war ich mit dem Luftgewehr am Froschteich. Ich liebte es, wenn zum Abend zwischen den Enten die perlmuttigen Libellen dicht über dem Tümpel kreisten und der Mäusebussard in der Höhe segelte.

Dort wo ich her bin überragten die Pappeln alles, was ellenlang geheißen wurde. Wovon die Sippe schwärmte, war genaugenommen nicht wirklich hoch, vielmehr niedrig. Die Decken in den Wohnungen, mit Balken versehen, hingen tief. Die Treppen führten steil empor und waren eng. Durch die guten Stuben erreichte man die Küchen, die die größten Zimmer am Bau waren. In den Speisekammern hingen geräucherte Würste. Die großen Töpfe aus Steingut verbargen selbstgemachte Köstlichkeiten. Feingeschnittenes Sauerkraut und Kürbis, von der Großmutter höchstselbst süß und sauer eingemacht.

Die Alten hatten zwei Kriege mitgemacht. Die Alten sprachen von der kommenden Zeit. Düster wie Gewitterwolken ihre Prognosen. Sie waren die reinsten Schwarzseher. Sie sagten, was noch so protzig stünde, würde bald der Spitzhacke zum Opfer fallen. Sie hielten das Dorf mit ihrem Pessimismus zusammen. Die Alten hoben alles auf. Die Alten konnten nichts wegwerfen. Die Alten versuchten zu retten, was unrettbar war. Sie sammelten nach dem Sturm, was an Holz im Walde zu finden gewesen. Sie bewahrten, was ihnen unterkam. Und trauten keiner Zeit.

In allen Ecken und Winkeln zeugten überfüllte Kisten und Kästen von ihrem Argwohn. Es waren die Alten, die ich bei ihren warnenden Worten nahm. Ihre Schwarzmalerei überschritt alle meine vagen Vorstellungen, lastete schwer auf meinem Horizont.

Freilich lasen die Alten die auf rotes Tuch gepinnten Parolen. Freilich sahen sie die Aufrufe am schwarzen Bürgerbrett. Aber sie schwiegen und gingen in den Wald und sammelten Holz und stapelten die Scheite hinterm Haus zu widerständischen Iglus.

In jener Zeit begann ich, mir Eltern zu backen. Das ist die Großmama. Das der Großpapa. Das ist ein Vater. Dies eine Mutter. Das ist ihr einzig kleines Kind. Das, oh ja, ist die ganze Familie da. Ich hörte, daß der Mensch ein Kollektiv wäre. Daß der Staat für alle sorge. Und man nicht krank würde. Auch wenn der Feind dies einem antun wolle. Weil die Herzenswärme des führenden Mannes ganzjährige Gesundheit verhieß und groß wie ein Berg seine Zuversicht, wie eine Sonne, die all unsere kleinlichen Belange überschatte. Der erste Mann im Staate fände trotz größter Beanspruchung immer wieder Zeit, die

Landbauern aufzusuchen, ihnen wichtige Ratschläge zu unterbreiten.

Und die Mutter ist gut. Und der Vater hat Mut. Und das Kindchen ist zart. Wie die Familie von guter Art, weil sie mit aller Kraft Besseres schafft.

Ich suchte Dinge zu adeln, die mir brauchbar schienen. Ich lobte das Geländer an den steilen Treppen. Den Widerhaken der Angel. Die nicht zu tilgenden Queckenbüschel zwischen den ranken Bohnenstangen. Und wenn ich mir den Kopf an einer Kante stieß, lachte ich auf und rief: ›Perdauz‹.

Eine Stimmgabel war viele Monde mein Lieblingsspielzeug. Ich nannte sie heimlich Mutter und trug sie in der Faust auf allen meinen Wegen. Ich brauchte Mutter nur ein wenig anzuschlagen, schon sang sie gleichbleibend und schön. Wenn ich zur Nacht mir sie fest auf das Nasenbein postierte, schläferte ihr Singsang mich jedesmal ein.

Ich verlor die Muttergabel beim Greifspiel. Ich fand sie eines Tages in der Hand eines anderen Kindes. Ich flehte und weihte es in mein Mysterium. Es versprach mir, wenn ich nicht einschlafen konnte, sie für mich anzuschlagen und auf mein Nasenbein zu setzen. Wir wurden gute Freunde. Teilten uns zur Nacht ihren schläfernden Ton. Bis Mutter uns beiden abhanden kam.

Als ich vier war, und eben außer ›Mama‹ nichts über die Lippen brachte, wurde ich an ein anderes Heim geliefert. Sie hatten mir zu Ehren eigens eine große runde tiefschwarze Limousine gekapert, in der ich präsidentengleich vorfuhr. Ich weiß noch, wie ablandig die Leiterin in der Tür stand. Sich anhörte, was über mich und mein bisheriges Leben gemeldet werden mußte, und schließlich ungeduldig fragte, wo der neue Bub denn nun sei. Und mir ist, als spüre ich noch, wie die weiß bekittelte Entführerin auf mich herunter wies und: ›Na, da doch, hier‹, sagte, mich peinlichster Verwunderung preisgab und verschwand.

Das Heim war groß und hieß nach einem Heimatdichter, von dem alle nur gut sprachen. Das Haus stand unter Bäumen. In den Bäumen sangen Vögel. Ich lebte in Vogelwärters Domizil. War inmitten der Schwärme. Da war ich vogelfrei und gar nicht mehr so ein Asylantenkind. Da träumte mir von Mandelkeksen,

Zitronenplantagen. Wir wurden eher provisorisch als gut unterrichtet. Wir wußten, ein Arbeiter, und wenn er noch so ein Dreckspatz war, galt im Schulterschluß mit jedem Bauern gegen den Rest der Gesellschaft viel. Unsere Pädagogen erläuterten uns die Welt mit der großen Suppenkelle. Wir etikettierten uns als Drohnen, nicht als Stalins Kinder. Wir tranken aus dem flachen Agitpropbrunnen in kleinsten Schlücken. Man impfte uns beizeiten gegen das Kapital, die Geldgier, die feindliche Welt der Spekulanten und Revanchisten. Man stieß uns in den Froschteich der Arbeiter- und Bauernperspektive. All die Wässerchen, mit denen man uns besprenkelte, wiesen die Trübungen in den Hirnen unserer Lehrmeister auf. Wir waren Kinder der führenden Klasse, waren Leibeigene roter Gorillas, die sich vor uns aufpflanzten und, scharftönig wie Militäroffiziere, von Schädlingsbeseitigung schnarrten.

Einmal rief mich das Getön des Kutschers, der hinterm Heim seine zwei gläsernen Pflanzhäuser hatte und dessen Pferd nie gehen wollte, wie er es forderte. In den lichten Häuschen hinter den unsichtbaren Fenster vermutete ich schöne bunte Blumen, die mich traurig stimmten, weil ich nicht zu ihnen gelangte. Denn in den Häusern aus Glas hielt der Kutscher, davon war ich feuersteinfest überzeugt, Nebel gefangen. Der undurchdringliche Dunst, speziell wenn er magische Striche hinter den beschlagenen Scheiben malte, nährte die Überzeugung, daß in diesem Nebel sich alle Farben der Welt tummelten. Ich wußte mir nichts Fröhlicheres zu denken, als unter diese Glaskuppeln zu treten und mich in all den Farben zu sielen.

Hatte der Kutscher den Störrischen endlich soweit, daß er mit dem vollgeladenen Wagen losfahren konnte, war beider erster Halt beim Wirt an der Hauptstraße. Wo der Mann Kartoffeln, Salatköpfe und sonstige sattgrüne Kleingewächse unter die Leute zu bringen gedachte.

Das Pferd ließ den Wagen ein wenig zurückrollen, ehe es mächtig bergan ruckte, daß mitunter dem Kutscher die Beine hochschnappten.

Am späten Nachmittag kehrte das Fuhrwerk zurück. Der Kutscher saß auf seinem Bock und schnalzte mit der Zunge. Und seine Peitsche tanzte in ihrer Halterung. Die Kutsche bog bei ihrer Ankunft linkerhand an meinem Zaun vorbei ein. Ich traute mich nicht zu winken und stand versunken, bis nichts mehr zu sehen war.

Aber eines Tages geschah das Unvorstellbare. Der Kutscher fuhr an die Kreuzung, zuckelte die kreischende Bremse fest, stieg von seinem Gestell und war durchs Maschendrahttor einszwei die Stufen ins Portal des Heimes empor verschwunden. Ich schlich mich näher an sein unbewachtes Pferd, um ihm ins magische Auge zu blicken. Selbstvergessen beobachtete ich, wie es mit dem Pferdeschwanz wedelte und die Hinterbacken vibrierten und es den Kopf auf- und niederschwang, daß sein Geschirr rasselte. Wie zuckte ich zusammen, als die Leiterin meinen Namen ins Gebüsch, aus dem ich wie ertappt kroch, rief.

Der Kutscher sagte: *Küm bi* und packte mich mit seinen Schaufelfingern. Die Leiterin ließ die Entführung lächelnd geschehen und rief ein paar hektische Unterweisungen, die allesamt zu meinen Ohren herausflogen. Denn der stoppelbärtige Mann, der mich an sich drückte und eine Fahne hatte, lud mich auf seinen mit Decken verweichlichten Thron wie ein Paket ab. Besser gesagt, er wuchtete mich neben sich. Ab gings knirschenden Rades mit Hü ja hü, daß es einen hin- und herschleuderte und ich mich ängstlich in das Peitschenrohr verkrallte.

Als die Tortur endlich vorbei war, mich der Kutscher vom Bock klaubte und mit mir auf seinem Arm durchs Glastor schritt, öffnete ich erst die Augen, als vom irren Duft verführt die Neugierde den Schrecken besiegte. Und ich sah mich mitten im Paradies der Farben, die wie die Farben in meinen Träumen waren.

Der Kutscher, den ich nicht verstand, redete ununterbrochen. Er steckte wie in eine große Vase Bündel von Worten in mich hinein, daß ich wie ein blühender Igel ins Heim zurückkehrte, wo sie alle vor Entzücken außer sich waren. Während ich dem Kutscher auf Zehenspitzen hinterherwinkte.

Später in einer Schulstunde, als das Thema Junkerland in Bauernhand beackert wurde, wozu der Lehrer ein Buch mit beweislichen Bildern von Bank zu Bank umgehen ließ, war mir, als stünde in der Runde der Neubauern mein Kutscher, den ich am Stoppelbart erkannte. Und sofort hatte ich wieder die seltene Mischung aus Blumenduft und Schnapsgestank in der Nase.

In Nienhagen wollte mich der Tischler adoptieren. Ich wurde von einem Holzlaster abgeholt. Der Laster hatte drei Räder und zerschlissene Ledersitze. Ich weiß noch, es nieselte leicht. Über der Armatur winkten die feuchten Zweige. Der Scheibenwischer räusperte sich, als wollte er mir etwas anvertrauen. Ich bezog ein großes Haus mit allerlei Nebengelassen und einer exorbitanten Werkstatt, die harzig roch. Mich griff ein Großvater, der im Schaukelstuhl wippte und sich grämte, daß er nicht an der Maschine stehen konnte. Ich hatte zwei große Schwestern. Zwei lustige Mädels in bunten Nachthemden, die sich ihnen im Schlaf über ihre Pöker schoben. Ich erwachte mit den Spatzen. Ich ging um. Besah mir die abgerundeten Körper der schlafenden Schwestern. Im Garten standen die Blumen im Kreis. Der Hund des Nachbarn schlug an, wenn wer ans Tor kam. Im Flur standen klotzige Kleiderschränke. Die Betten rochen nach Frieden. Im Herd brutzelte die großporige Weihnachtsgans. Ich saß über der großen Keule, die sie Anfasser nannten. Die Tischlers sahen mir freundlich zu und warteten auf den ersten Biß. Ich bekam ein Kranauto geschenkt. Eine vom Tischler getischlerte Gabe aus Eichenholz. Mit Gummibereifung, einem untadeligen Seil. Am Seilende hing ein mustergültiger Haken. Mit dem Mobil bin ich Wochen und auf allen Vieren durchs Haus und über den Hof gekrochen. Ich geriet in Schweiß. Ich war ein Kranjunge, der ununterbrochen was zu verladen hatte. Wir machten an Sonntagen auf der makellosen Pferdekutsche ausgiebige Touren in die weitere Umgebung. Es gab geklappte Jagdwurststullen. Und Radieschen aus der hohlen Hand. Und gekochte harte Eier. Es wurde gesungen und Faßbrause und Apfelwein getrunken. Ich durfte sogar die Lederleine halten. Ich schrie Hü ja hott. Die Großmutter hütete das Haus und ängstigte sich. Sie sprach von Feuer, welches in der Werkstatt ausbrechen und die Familie bis auf die Knochen ruinieren könnte.

Der Tischlergeselle wurde schnell mein Freund. Er sagte: ›Ein Junge, der nicht auf den Baum steigt, wird auf dem Boden zertreten.‹ Die jüngere Tochter des Tischlers verriet: ›Man muß die Lieblingspuppe Hexe heißen, will man mit ihr die gefährlichen Feuerstellen überwinden‹. Die Mutter des Tischlers saß im Hof. An einem Spinnrad zog sie lange Fäden. Den Tag lief das Radio. Es suchte nach Männern, die sich rasch zu Hause melden sollten. Der Wettermann redete von mir nicht geläufigen Orten.

Mir war es strikt verboten, die Werkstatt zu betreten. Ich umschlich das Gelände. Ich begnügte mich anfänglich mit einer windigen Scheune, wo Bohlen lagerten. Ich schlich mit den zwei Katzen hinter die Tischlerei. Ich errichtete uns eine Ausblickplattform von Holz und Ziegelstein. Durch eine Bresche in der Wand besichtigten wir die Tischler beim Tischlern. Die Katzen zeigten mir ein Schlupfloch. Und ich umging das Verbot. Tummelte mit den Katzen auf dem Späneboden.

Dann kam der Tag, als mich der Geselle entdeckte und mit dem Arm wedelnd bedeutete, schleunigst vom Guckloch zu verschwinden, ehe der Meister mich erwische. Ich bockte und verstand die Zeichen nicht. Dann brach ich durch die Konstruktion. Fiel neben den Leimkübel. Im gleichen Augenblick schnitt der Geselle sich in den Finger. Ein Holz flog durch die Luft. Es traf den Meister in den Rücken. Alles rannte durcheinander.

Der Altgeselle wurde ins Haus getragen. Ich sah das Blut. Die Meisterin sah an mir vorbei. Sagte kein Wort. Der Verletzte wurde auf den großen Küchentisch gelegt. Der Meister hielt sich den Rücken und rief wiederholt nach einer Binde. Als ich hinzutrat, schrie er: ›Den Burschen weg! Unter meinen Augen fort mit dem!‹

Die Meisterin führte mich in den Hof. Dort sollte ich weiter spielen. Ich stand und quetschte mir die Finger wund. Der Doktor kam und meinte, man müsse sehen, was zu retten sei. Die beiden Mädchen redeten in einer Ecke auf mich ein. Eine von ihnen weinte. Am nächsten Tag brachten sie mich ins Heim zurück. Den Baukran in der linken Hand.

›Da erging es dir wie der Synagoge, bei deren Bau ein Bauarbeiter vom Gerüst in den Tod fiel. Aus welchem Grund man beschloß, den Bau nicht fortzusetzen, weil die Sache nicht mehr koscher war‹, meinte Herbert ein paar Jahre später.

Wir gingen, die Hand am Seil, nach dem Vorfall auch am Haus vom Tischler vorbei zum Strand. Ich sah die zwei schwarzen Katzen vor der Eingangstreppe. Aber ich erspähte den Tischler nicht, nicht seine beiden Töchter. Ich glaube, ich weinte. Dann wurde der Weg umverlegt und die Qual schien ausgestanden.

In meinem Beutebeutel (dieser Begriff stammte von meinem Freund Tegen) waren Backpflaumen. Tegen, den sie viermal vergebens zu adoptieren versuchten, hatte mir beigebracht, wie man auf alles gefaßt bliebe. Beispielsweise hatte man, wenn die Tester einen im Bett wähnten, an die Tür zu schleichen. Der Tür konnte man ablauschen, wie der Stand der Dinge hinter der Maskerade war. Wenn sie einen nicht um sich wußten, redeten die vermutlichen Eltern wahrer. Sprachen sie schlecht oder wurde dein Name in ihrem Munde einziges Stöhnen, war der Hut zu nehmen. Tegen unterwies mich, in unbewachten Zeiten den Kühlschrank zu inspizieren. Ihm nur Büchsen, sonst nichts, zu entnehmen. Gerade so viel, wie man im Laufen tragen könne. Das Diebesgut solle man an einer geheimen Stelle hinterm Haus in einem Beutel verbergen.

Ich solle nie warten, daß sie mich am Kragen packten, sondern rechtzeitig mit der Beute direkt ins Heim abhauen. Jener Freund, der braune flinke Augen hatte und einen schwarzen Wuschelkopf trug, schaffte es mit Hilfe seiner plaudernden Tür, jedesmal unentdeckt ins Heim zu schlüpfen, seine Mitbringsel zu bunkern, ehe die Polizei die Suche nach ihm aufnahm.

Von Heim zu Heim hielt ich den Suppenlöffel fester in der Hand.

Die Bauern holten ohne Gottes Segen auch bei Regen grünes Viehfutter ein. Die Erträge wurden dank der alle Felder überrollenden Technik von Jahr zu Jahr um erstaunliche De Te Querbalken Ha gesteigert. Erfolge über Erfolge, scherzten die Bauern, daß einem die Augen davon schmerzten beim Zeitunglesen. Man sagte, *de dor baben von de Regierung sünd kläuker as wie* der Mann auf dem Traktorensitz. Und wackelte mit dem Haupt und blieb still und gewöhnte sich daran, von Oben alles gesagt zu bekommen. Und schreckte bald nicht mehr vor der Chemie. Und meinte, in den Ställen vor der Bodenreform wären die

Zuchttiere gewaltiger gewesen. Und brannte Böschungen nieder und fällte reihenweise Bäume, die im Wege standen, und vergrößerte kopfschüttelnd die Felder und stöhnte gelegentlich: Nicht ohne Grund wären die von dichten Hecken umwachsenen Felder ertragreicher gewesen und niemals hätte je wer künstlich die Erde bedüngt. Denn der Boden, sagten die Alten, sei der Boden, zu dem der Bauer sich ihn mistet. Und doch spannten die Bauern gegen ihr Wissen von Mist und Humusbildung den befohlenen Tankwagen an und schleuderten die geheiligte Chemie ganz nach Vorschrift über die Äcker.

Uns Kinder lockten die Maulwurfhügel vor der neuen Molkerei. Wir spielten mit den zerbeulten großen Milchkannen Schwergewichtsmeister und Wiesensprengen. An den Kinderfesttagen fanden für die Nichtheimer große Umzüge statt. Es ging die Dorfstraße hoch und die Dorfstraße runter und dann an den Strand zum Sackhüpfen, Topfschlagen und Eierlaufen. Wir mischten uns unters Volk und spielten die aufregendsten Spiele. Und manchmal gab es ein Fähnchen oder ein richtiges Präsent für einen von uns. Und abends waren die Kinder mit Lichtern am Wasser und die Erwachsenen machten in der Schankwirtschaft bis Mitternacht einen Heidenlärm.

Ich weilte unter Menschen, die zu allem *Ick bün tofreden* sagten. Die sahen, daß es nicht recht vorwärts ging mit den Kampfgenossen. Die in der Gazette von Erfolgen lasen und *Tje son Ding ugg* sagten, wenn es um die Ecke laut Statistik 1970 mehr brütende Graugänse als 1960 gab. Und *Schietkram* dazwischenriefen, wenn das Tagblatt von großen Fortschritten im Kampf der Systeme schrieb. Weil die Ernte angeblich zu zwei Dritteln unter Dach und Fach war.

Ich lebte unter Menschen, die sich ihren Teil zu solch vorlauten Mitteilungen dachten. Auf Bauernschläue setzten. Weil sie von Dingen umgeben waren, die einer altehrwürdigen Logik folgten und des Sachverstands bedurften. Weil man das Vieh nicht wahllos in die Landschaft trieb, nicht ohne Sinn und Verstand die Koppel anlegte oder auf den Äckern mit schlechtem Samen um sich warf, sondern den privaten Stallmist zwischen die Furchen packte.

Die Bauern hatten in ihren Stuben noch Webstühle stehen. Die Bauern erzählten nicht ohne Seligkeit von großen Jagden, wie sie die reichen Herren von Bölkow anno dazumal veranstalteten. Die Bauern schwärmten von den Zeiten, als sie noch Kind waren und das Jagdhorn erschall und alles, was Beine hatte, sie in die Hände nahm, um für die hohen Herren auf ihren schmucken Rappen das gutgläubige Wild aus kugelfesten Büschen zu klopfen.

Die feine Gesellschaft war, bei allem, was recht ist, eine weitverzweigte Bande. Wie ein Geflecht hatten sie überall im Lande Ihresgleichen im gemeinsamen Spinnennetz zu sitzen. Da hackte keine Krähe der anderen das Monokel weg. Die Reichen herrschten überzeugt und gaben nie nach. Denn so einem Hengst für den Ausritt mußte selbstverständlich der Sattel härter als einem Ackergaul aufgedrückt werden, schwärmte das Bauernvolk. Wäre was Schlechtes an ihren früheren Herren, so hätte man sie nie Gutsherren genannt. Die früheren Gebieter fragten niemanden, was zu tun sei, sie taten, ohne sich an der Meinung anderer zu reiben, und gaben einem Bauern höchst ungern die Hand. Sie gingen an unmöglichen Tagen in ihren Trachten. Die alten Klamotten waren wohl mehr Ausdruck ihrer Macht als ihre schlichten Anwesen.

Das Gleichbleibende sei die sattsamste Veränderung für dieses Land, sinnierten die Bauern. Was zu erreichen wäre, sei mit dem jüngsten Tage bereits erledigt worden. Gesetze vergleichsweise, sagten die Bauern, die am Wegesrand wie aus einer anderen Welt zu uns sprachen, können die in Berlin ruhig machen. Was auf dem Dorf an Parteimaßgabe greife, regle das Gewissen der tätigen Landwirte. Nicht ohne Hintergrund lag Mecklenburg abseits der großen Wege. Früher brachte die wöchentliche Postkutsche Neuigkeiten aus der Welt. Und es war gut, daß sie nicht täglich plaudern kam. Denn meine Leute, die lange und einsilbig die geringste Angelegenheit besprachen, wären im Kopfe kirre geworden.

Man hatte nebenher zu arbeiten. Man arbeitete hart und motiviert. Nur eben nicht gerade sehr ökonomisch. Man wurschtelte da und wurschtelte hier. Und wurschtelte um sich herum.

Und fiel am Abend todmüde in den Sessel, mit sich zufrieden. Man nahm sich sporadisch vor, am anderen Tag mit einer erweiterten Methodik loszuwurschteln und wurschtelte letztendlich wie gehabt.

Der Bürgermeister war ein unangenehmer Neuerer. Ein von sich überzeugter Dummkopf, sagten die Bauern, der erreichen wollte, daß sich seine Untergebenen gleich einem unwissenden Dreck fühlten. Er ließ den Strand harken. Er sammelte die Bauern, ließ sie Steine auflesen und Seegras zu riesigen Haufen ballen. Das Gras wurde getrocknet und zum Strandkorbbau oder für die Gästematratzen genutzt. *Dat de Badgäus* sich wohliger fühlten. Und die Leute dachten sich ihren Teil dabei und machten mit. Außer Frau Piesche, die Schweinezüchterin, die der Aktion stummes Kontra bot. Von der Bäuerin Piesche sagte der Bürgermeister seine Amtszeit lang, daß man ihr besser aus dem Wege gehe.

Die Piesche war faltig im Gesicht. Sie hatte rissige Hände. Ihr Händedruck war sehr weich. Sie ist keine wahrhaftige Mecklenburgerin, sagte Herbert von ihr. Schlau wie nicht jede Frau von hier. Sie könnte eine orientalische Wahrsagerin sein, meinte Freund Tegen. Was sie sagt, hat Krallen an den Silben. Eingeweide im Satzbau. Einmal, nach dem Planschen im Kiessee auf dem Nachhauseweg, haben wir sie traurig auf einem Feldstein sitzen sehen. Man sagte, sie wäre an einer persönlichen Sache innerlich zerbrochen und wollte ihr Leben fern der Erde in Wolken stehen. Ich war bemüht, es mir plastisch auszumalen. Die Großmutter, die mit der Frau gesprochen hatte, berichtete lediglich, die Leute hier wären kein guter Zufluchtsort für Menschen unter Kummer.

Es gab manchmal Aufstände wegen einer nicht erfolgten Zahlung. Mit dem epochemachenden Kampf um den Fortschritt taten sich die Mecklenburger sehr schwer. Was sie als eine Revolution betitelten, war mehr ein gemeinschaftliches Murren in der Schenke gegen die Erhöhung der Schnapspreise. Es setzte Pro und setzte Hiebe. Man regte sich auf, es ergaben sich daraus blutige Nasen und langfristige Feindschaften im Dorfe. Ansonsten blieb alles beim Alten.

Manch ein Betrieb erweckte den Eindruck von Industrie, solange man nicht hinters Werktor lugte, wo es mittelalterlich und dröge zuging. Achtbar vielleicht die kurze Spanne nach dem zweiten Krieg. Als versucht wurde, die ländliche Einöde nach der Elle der Hennecketaten zukunftsweisend zu zerstören. Doch was nützte der kämpferische Wille, wo das Drumherum nicht stimmte. Man krempelte die Ärmel wieder runter. Man blickte knurrend über die Schultern zu den Bohrtürmen, wie sie überall errichtet wurden. Und mancheiner hielt Erdöl für das Öl der Erdnüsse.

Es blieben die Geschichten über die vielen vergeblichen Unternehmungen und ein paar recht muntere Gesprächsabende.

Allein der Kurbetrieb brachte Probleme. Ein Bauer wird nicht ohne Mühe zum Kofferträger. Die Häuser wurden verputzt und mit erhabenen Farben versehen und erhielten Namen wie ›Kiek in‹ und ›Rosalinde‹. Menschen kamen, um die weiten Ebenen, von denen man tollsten Spuk erwarten konnte, aufs Gemüt wirken zu lassen.

Feinere Herrschaften allerdings mieden Mecklenburg. Meine Heimat ist etwas für das unbedarfte Volk. Menschen, die auf allen Vieren gerne riesige Sandburgen im Wettstreit errichten. Und diese mit einem Reservierschild versehen.

Tatfreudige Menschen und agile Erscheinungen waren dem Mecklenburger unheimliche Gesellen. Entschlossene Charaktere, die ohne langes Reden zupackten, waren so selten wie stromernde Wölfe, die man auf Teufel komm raus zu Tode hetzte und im Triumph durchs Örtchen schleifte. Mecklenburg hat keine ruhmreichen Stätten, angefüllt von deutscher Geschichte. Hier schlug man sich nicht für die Nation die Köpfe ein. Mecklenburgs stolzeste Orte sind die Gaststätten, wo riesige Besäufnisse statt heroischer Kämpfe ausgestanden wurden. Die Schnapsnase und der Bierbauch waren allzeit der größte Beweis von Heldenmut.

Ich wuchs, wo es mitunter wildes Geschrei vor der Kneipe gab. Und Krach geschlagen wurde, wenn der abgebrühte Kneipier schlechtes Bier zu verramschen suchte. Ich war unter Leuten, die nicht extra herausgeputzt zum Dorfbums kamen, sondern um sich zu besaufen. Die am Tisch saßen und nichts unversucht ließen, es zu einer Saalschlägerei zu bringen. Wallungen, die rasch aufloderten und rasch besiegelt waren. Streitereien, die zum mecklenburgischen Wesen gehörten. Mißliche Stimmungen, die, eh der Besucher sie recht mitbekommen hatte, ausgestanden waren. Die Ruhe nach der ersten Heftigkeit war die Ruhe vor dem nächsten Sturm.

Es war einmal ein Streit zweier Großfamilien. Es schlugen sich an die dreißig Mann mitten im Dorf. Mehr an Historie ist nicht zu berichten.

Man vergegenwärtige sich die Zeitspanne, vom ersten Gedanken bis zum Bau der Eisenbahnstrecke, die an dem Ort, in dem ich Kind war, nicht vorbeiführte, um zu verstehen, daß die Verzögerung das Beste war, was sich die Erbbauern gegen den neuen Staat herausnahmen. Die altmodische Dampfmaschine als täglicher Beweis, wie berechtigt und starr man sich gegen das Bahnwesen wehrte, lieber stolpernd sich Hals und Bein brach. Denn wo die Bahn hinkommt, werden über alle Immunitätsgrenzen hinweg die schlimmsten Krankheiten der Gesellschaft, Arbeitslosigkeit und Inflation, im Gepäck mitgeführt.

Diese Art bewußter Rückständigkeit gab dem Landstrich seine Statur. Nur bodenständige Arbeiten wurden angestrebt. Wer anderes vorhatte, wanderte aus.

Die Dörfler änderten ihre Eigenschaften nicht. Man wirtschaftete sich emsig zugrunde. Und wer großspurig den Ort auf Nimmerwiedersehen unter geblähten Segeln verließ, kehrte von Heimweh gegängelt klammheimlich an seinen Stammplatz im Krug zurück und schwor der Ostseeküste ewige Treue. Viele kamen mit sonderbaren Neuerungen daher und machten die Leute scheu und mußten klein beigeben. Womit im weiten Lande viel Geld zu machen war, damit ging man in Mecklenburg pleite.

Vom einzigen Berg wurde berichtet, daß ihn in früheren Zeiten ein Ritter, der eine schöne Frau und ein munteres Kind stolz sein nannte, bewohnt hatte. In dem Dorf zu Füßen des Berges siedelte ein neidischer Ritter, der es auf das Wohlergehen seines Kollegen abgesehen hatte. Er fiel, als der wackere Mann auswärts war, über dessen Hof her, erschlug die Frau samt Knechtschaft und Kind. Der hinterbliebene Ritter baute seiner Geliebten und dem toten Kinde einen Thron und eine goldene Wiege, die er in den Berg vergrub, wo sie heute noch stünden. Wenn man durch die Brutlöcher der winzigen Uferschwalben in den Berg guckt, kann man im Glücksfalle sie funkeln sehen oder ein Wiegenlied singen hören, sagten die Alten und wir schauten uns die Augen wund. Und uns war, als hörten wir die Mutter hochdeutsch singen: ›Schlaf mein holdes Kindelein / in deinem güldenen Wiegelein. / Tausend Jahre sind uns wie ein Tag, / sie fliehen dahin, die Welt die mag / da draußen bleiben, hier sind wir allein. / Wir haben die Ruh, die die Menschen nicht haben. / Der Friede wohnt hier, den die Welt tut begraben. / Es raunen die Wellen, es geistert der Wind / und singen in süßen Schlummer mein Kind.‹

An der Küste hatte es einen Findling, Elefantenstein genannt, der riesig am Strand lag. Ein Klotz, von dem man nur die Spitze sah und es hieß, das Petermännchen habe sich für immer unter ihm verflüchtigt. Ein Brocken aus Schwedengranit. Vierfünftel, so verrieten die Einheimischen, im Sand. Tegen und ich schnappten uns Spaten und Schaufel und versuchten der Sache auf den Grund zu kommen. Aber wie wir uns auch vergruben, wir standen am Ende knietief im feuchten Sand und fanden den Boden des Kolosses nicht.

Dann ging ich zur Schule und war ein Schulkind. Man sagt, alle Heimkinder sehen sich gleich. Unsere Gesichter unterschieden sich in den Nuancen der Aussichtslosigkeit. Für einen Außenstehenden hatten wir keine Fingerabdrücke. Wir trugen die Haare für die Fremden auf einem Kopf.

Wir saßen zu Zeiten ganz ungezwungen nebeneinander auf einer hölzernen Turnhallenbank. Die Hände hinterm Kopf verschränkt, die Augen fest geschlossen. Wir mochten den Sportlehrer nicht.

So wie wir saßen, saß ich mit den Händen auf den Rücken vor der dampfenden Rübensuppe. Ein Jünger im weißen Nachthemd, der, wo alle ihre Mägen erfreuten, ohne Hunger die Augen am Tellerrand drehte, bis man mich rüttelte.

Wir vollzogen Handlungen aneinander vorbei die für den Ungeübten wie ein Miteinander aussahen. Eine Art Eltern ist alles, was wir uns antun, hat Regina den Tränen nah gesagt.

Ich überragte, weil ich einen Test nicht bestand und deshalb ein Jahr später eingeschult wurde, meine Klassenkameraden. Die richtigen Antworten im Kopf, schnippte ich nicht wie mein fetter Banknachbar Rüdiger vorwitzig mit den Fingern. Ich wand mich nie schnurrend dem Lehrer um die Beine. Ich nutzte meinen Vorteil und meldete mich, wurde ich gefragt. Ich lernte mich zu verhalten, daß man mich lobte und mit guten Noten versah. Zwar war das Schulbrot der anderen Kinder mit unserem gitschigen Einheitsschmelz nicht zu vergleichen. Dafür lagen meine Zeugnisse, für jedermann sichtbar, wie die Krönungskrone der englischen Königin hinterm geputzten Hochglanzglas im Vorraum des Heimes.

Meine Hoffnungen wurden kleinlaute Druckser. Meine Wünsche schlugen die Augen nieder. Ich kriegte vor Heimweh die Zähne nicht mehr auseinander. Mein Wille franste. Mein Verlangen war wie der Hund vom Hirten.

Ich gewahrte, daß man Weisheit vorgab, daß man Erkenntnis nur äffte. Ich war froh, ohne Eltern zu sein. Ich umschlich den Andenkenladen neben der Post. Wo einmal ein Russenpanzer aus der Kurve geraten und mit der Kanone durch die Wand vor den Ladentisch gerammt sein soll.

Wir malten kleine weiße Friedenstauben, schnitten sie aus. Wir nagelten die Papiertauben an dünne harzige Latten, die wir vom Tischler des Dorfes holten. Wir sangen: ›Zisch zisch, Tischler hoble den Tisch. Hoble das Brettchen glatt, daß es keine Löcher hat. Lang lang lang, Tischler hoble die Bank uns blank, daß kein Span dran hang‹. Den Tischler habe ich lange verehrt. Namentlich der kräftige Duft, den ich beim Tischler einsog, ist mir unvergeßlich geblieben. In seiner Werkstatt roch es wie bei dem Tischler, der mich zuvor nicht adoptiert hatte. Wir malten schwarzrotgelbe Fahnen und das Hammersichelemblem auf Packpapier. Wir schrieben ›Frieden‹ auf weiße Preßpappen. Wir feierten den Republikgeburtstag mit einem Morgenappell. Wir schmetterten die Hymne der Nation. Wir freuten uns über den ersten Schnee. Wir rollten den Schnee zu dicken Kugeln und bauten Schneemänner, die bis in den Frühling standen.

Wir Heimer waren unaufmerksame Schüler. Man dachte an Springkraut und bunte Schaukeln mit Überschlag. Man wurde beim Träumen erwischt und mußte im Bohnerwachsflur strammstehen. Man träumte Biberpelze, Hüte aus geschnörkelten Omaschränken und bekam gebrauchte Klamotten angezogen. Man nannte uns Heuschreckenplage und wies uns ätzende Aufgaben zu. Wir wurden gern beleidigt und waren unendlich am Putzen. Unsere Wangen waren blaß. Wir hatten dünne Beine. Und wurden mit Kellerstehen bestraft. Respektive vom Erzieher unter den Achseln gekniffen, daß man die blauen Flecke im Freien nicht so sah.

Wir hatten am Strand eine eigene Badestelle. Wir durften nur mit Heimern und nur vornean im Seichten baden. Wir mußten selbst im Wasser nach der Heimordnung zusammenhalten. Machte einer etwas Verbotenes, war das Planschen für jedermann vorbei. Wurde einer gerufen, schrien alle laut ›Hier‹. Wir mußten übersichtlich zu viert oder sechst auf unseren Decken liegenbleiben. Wir mußten fragen, wenn wir den Ball werfen wollten. Wir durften nicht hinter die Begrenzung des Spielfeldes treten und uns nicht unter die Leute mischen.

Wir lebten mit einer Stoppuhr im Kopf. Wir wurden im Versammlungsraum vor den Fernseher versammelt. Wir sahen Walter Ulbricht, sahen sein Bärtchen hochrunter gehen. Hörten ihn reden. Wir vernahmen seine Fistelstimme und verstanden kein einziges Wort. Mancheiner meinte, es wär schnippel di schnappel di Scher der Meister Nadelöhr, der zu uns kauderwelschte.

Ich war kein guter Esser. Ich steckte sehr gerne den Finger in Senf und aß am liebsten Leberwurst. Die mit den großen Zungestücken. Wahre Lust erregte der Duft von frischer Wechselwäsche. Meine Nase war ein Jägersmann. Der Wind fegte aus allen Himmelsrichtungen Düfte heran.

Wir spielten auf abgesperrtem Baugelände lieber Krieg als Frieden. Ich war keiner von den harten Typen. Das ewige Räuber- und Gendarmspiel füllte mich nicht aus. Ich war ein Träumer. Und kein guter Verstecker. Ich fand es unter Niveau, sonderlich lange über ein Schlupfloch nachzudenken. Ich stellte mich hinter den Baum, der gerade in der Nähe war, kroch in die einzige Röhre, die mitten auf dem Hof lag. Höher wollte ich nicht hinaus. Man hat mich immer als ersten aus meinem Hinterhalt geholt. Ich wurde zu sicher und viel zu schnell aufgespürt. Man begann mir das vorzuwerfen. Die Spielkameraden wollten mir helfen. Sie konnten mir tausend Mal erklären, daß die Erde eine Kugel wäre, es war mir egal. In dem Spiel steckte keine Zärtlichkeit. Bis ich eines Tages dem Brettergeviert durch ein Loch entwischte. Hinter der Trennwand kicherte ich lange ins Fäustchen. Es war ein großer Augenblick, als mich keiner meiner Spielkameraden fand. Ich kroch zurück und wurde daraufhin vom Versteckspiel ausgeschlossen. Dieser Ausschluß war mir Genugtuung und eine Lehre vom Miteinander.

In unseren Horten hüteten wir Schätze wie Krähen. Blanke Büroklammern oder seltsam geformte Schlüssel. Wir klemmten zwischen Mülltonnen. Wir sahen durch einen Fensterspalt am Boden den Mädchen beim Duschen zu. Wie sie sich mit Lappen bewarfen. Über unsere Köpfe, vom Wasser her, krachten die Russenflugzeuge mit ihren Säcken am Heck, auf die sie vom Steilufer mit ihren Kanonen schossen, daß man kleine Wölkchen am blauen Himmel entstehen sah. War das Wetter schön, flogen die Düsenjäger krachend und flach über die Dächer, daß die Tassen im Schranke klirrten. Als sie wieder einmal die Giebel rasierten hatten, heftete jemand einen Zettel ans Schwarze Brett, auf dem geschrieben stand: ›Russen haut ab!‹ Weil aber die Sicherheitspolizei der Kreisstadt im Dorf keinen Täter ausmachen konnte, wurde amtlich verkündet, obwohl jeder jeden verdächtigte, das Schreiben habe es überhaupt nicht gegeben.

Auf den Äckern pflügten die Traktoristen. Wir schlichen hinterdrein, Scherben aus der Bronzezeit sichten, sie ins Heimatmuseum tragen, für eine galante Belobigung. Und wenn die Hitze zu groß war, gab es schulfrei wie an Tagen, wenn höherer Besuch anstand. An der Straße zum Nachbarort gab es einen Bunker, der noch von Hitler war, wie die Leute sagten, damals, als es hieß, der Führer langte mit seinem Duzfreund aus Rom in der kleinen Gemeinde an, um ein Flaknest auf der Halbinsel zu weihen. Aber der Führer blieb aus, stattdessen füllten bald Flüchtende mit ihren Habseligkeiten das Dorf. Und ein paar Orte weiter, hieß es, wäre der Ami Zigaretten verteilen. Der Russe kam. Die Speicher der Flak wurden für die Leute geöffnet. Und dann machten sie die Halbinsel wieder dicht und bauten den Schießplatz aus. Und es wurde ein Zaun gezogen, eine Hütte aufgestellt, in der zwei Soldaten mit Maschinenpistolen und Helmen auf ihren Köpfen saßen und achteten, daß niemand mehr auf die Insel gelangte.

Was ich an Argwohn in mir trug, fand ich in der nächsten Umgebung des Heimes. Ich konnte Seemannsknoten knüpfen. Verstand, aus Birkenrinde weißes Papier zu gewinnen, und beherrschte die Technik, aus dem Papier Herzen zu formen.

Wir wurden angebrüllt und dankten. Wir stellten keine Fragen. Wir funktionierten, während die Sonne zwischen den Zweigen stand und im Aquarium die Fische schwammen. Neugierde hatten wir zu verbergen.

Wir waren kleine vergitterte Halunken, die sich aufs Schachern und Klauen verstanden. Wir schliefen in einem bilderlosen kahlen Saal. Man hatte eine Nummer am Waschlappen, eine Nummer am Regal für die Stiefel. Man führte seine Bauchkuhle wie einen Hund aus. Man schämte sich nicht, wenn der Magen beim Gehen hörbar knurrte. Unsere Leiter suchten uns mit Brotentzug von Frevel zu heilen. Mit Ausgangssperre eines Besseren zu belehren. An heißen Tagen gab es süßes Essigwasser.

Ich war nie krank. Ich habe einige Narben aufzuzeigen. Ich war ein geschickter Taucher. Ich lehnte am Koppelpfahl und sah nach den Kühen. Ich konnte keine Regenwürmer schlucken. Mortadella kannte ich nur vom Hörensagen. Ich wollte, wenn ich groß war, nach Mortadella auswandern. Es gab viel Zank und Geschrei unter uns. Wir hatten diabolische Stirnen. Es wurde gesagt, ich sei flink auf den Beinen gewesen. Meine Haare waren so kurz, daß es schwer war, sie zu fassen, um mich aufzuhalten.

Wir saßen im Sandkasten. Man nannte uns Buddelwürfe. Die Hände neben unsere Hüften auf kalten Steinen geflacht, vertrieben wir uns auf der Freitreppe vorm Haus die Zeiten. Wir stießen uns beim Toben die Knochen unter unseren Gummihäuten. Man schimpfte uns Treibholz. Fallobst. Schiefeingeschlagene Nägel. Einem faulen Ei entkrochen. Nimmer flügge werdende Kriechlinge. Es fehlte nicht an übler Nachrede. Man nannte uns Geschmeiß, nannte uns Rattenräuber und Gesindel. Die wehleidigen Frauen im Dorfe schwiegen, wenn wir an ihnen vorbeimarschierten.

An manchen heißen Sommertagen waren plötzlich die Hekken und Wege von Marienkäferchen besät. Sie waren, so flink sie auftraten, so schnell auch wieder Geschichte. Oder Kohlweißlinge trieben die Leute auf ihre Felder, sie mit allerlei Gerätschaft zu tilgen. Mir wuchs ein luftdurchlässiges Fell. Es gab viel Haferschleim und Stubenarrest. Und wenig Liebe. Und nie Küsse. Ich bewunderte den Höckerschwan. Schoß ihm meine Begierden unter die Schwingen.

Tegens bestes Stück beispielsweise war ein gehäkelter Topflappen, den niemand streicheln durfte. Ich lag am liebsten unter dem Bett. Wir sahen im Laternenlicht die drei Birken vor dem Haus gespenstisch zucken. Es fehlte nicht an Abwechslung. Wenn die Baggerboote den Schiffen breite Fahrrinnen ins Wasser baggerten, kreischten ihre Schaufelräder bis in die tiefe Nacht. Die weißen Wolken am Himmel sahen wie gefüllte Seesäcke aus. Der blaue Himmel schien ein gestauter See.

Wir saßen vielfach am Fenster und hielten nach jungen Männern mit Haaren auf der Brust Ausschau. Wir suchten unter den schlanken, jungen Dingern, die an der Luke wie Zeesenboote vorbeizogen, diejenige mit den weißesten Zähnen und lustigsten Zöpfen. Schöne junge Frauen, die wir uns als Mama dachten. Wir träumten vom Draußen. Wo es die wundervollsten Dinge geben sollte.

Die alte Frau im Milchladen hatte den bösen Blick und sollte einen Klumpfuß unter ihren bodenlangen Röcken versteckt halten. An der Küste standen Maler und schufen Bilder von Wasser und Meer und Dünen. Und auf den dunklen Waldwegen fanden sich frische Pferdehufabdrücke. Und nackte schwarze Schnecken krochen im Laub. Und der Schmied ließ die Funken sprühen, und das Wasser zischte auf, wenn er das glühende Eisen abkühlte. Und aus dem Nachbardorf kam einmal in der Woche der Brotwagen. Die Bauern kauften das schwarze Brot und ließen es über eine Woche trocken werden, daß der Laib Risse bekam. Dann erst wurde es in dünne Scheiben geteilt und mit dicker Butter belegt. Und über die Butter kam Pflaumenmus, das die Bauern selbst herstellten. Für fünf Pfennige etwa bekam man ein riesiges Stück Melone in die Hand gedrückt. Oder lose Bonbons die Taschen voll. Wir kriegten zwei Mark im Monat. Wir kauften uns Bruchschokolade. Nirgends schienen die Lutschestangen leckerer und bunter als beim Händler neben dem Bekleidungshaus gegenüber der polytechnischen Schule. Die Milch war fett in ihren Kannen. Die Butter war gelb und schmeckte nach Schweiß. Die Verkäuferin hielt einen am Ohr, weil sie unser Taschengeld für geklaute Münze nahm.

Auf dem Russenplatz (es existierte kein anderer Name für den umheckten Buddelplatz der Sowjetsoldaten) gruben sich Russen in mecklenburgische Erde ein. Das zweistöckige Wohnhaus daneben hieß Kommandantur. Im Wäldchen, so wurde berichtet, küßten sich die Verliebten. Und am Strand kleideten sich vereinzelt Frauen vor ihren Strandkörben so ungeschickt um, daß man ihre dicken Brüste sehen konnte.

ICH WOLLTE NICHT adoptiert werden. Nehmt Tegen, sagte ich dem Leiter des Heimes. Weil an Tagen der Tegen, von Sehnsucht gestachelt, wild um sich schlug.

Ich lungerte an der Küchenklappe. Ich bekam von der dicken Köchin Extraportionen. Mehligen Brei mit sahniger Soße. Eine frisch geschabte Mohrrübe aus ihren Händen war eine achtenswerte Persönlichkeit. Eine Erdbeere war schön wie eine Sängerin, deren Stimme man sich lange erinnerte. Es gab in meiner Kindheit zu oft Lungenhaschee und Quark. Und Wruckensuppe konnte ich nicht ausstehen.

Eines Tages wurde ich von der Köchin in ihr Haus genommen. Ich saß im Gartengestühl. Sie kochte einen Pudding. Sie kredenzte ihn mit dem lebendigen Gezwitscher der Blaumeisen. Die Sonnenblumen standen lächelnd zusammen. Ich hatte ein eigenes Bett in einer Bodenkammer. Ich nannte ein Schaukelpferd mein. Das ging eine geraume Spanne. Dann schaffte mich die Köchin wieder ins Heim. Ich sei dem Mann der Köchin, der bei der Bahn arbeitete und ein eifriger Zeitungsleser war, auf den Nerv gegangen.

Ich glaube, ich habe in meiner Kindheit zu keinem Lebewesen größere Zuneigung als zu der Möwe gespürt. Ich habe den Fischern beim Sonnenaufgang zugesehen. Muscheln gesucht. Ich habe den dicken Heinz zum Freund gehabt. Ich wettete gerne und gewann dadurch einige Gelder. Ich ergaunerte mir Abgaben, weil ich grandiose Grimassen schnitt. Ich stand an der Straße und sah den ledernen großen Fisch, den sie auf einem Sattelschlepper durch das ganze Land führten. Ich stand an der Straße und sah den spitzbärtigen Genossen, von dem die Piesche sagte, er habe eine Ferkelstimme, schemenhaft hinter der Nieselscheibe seiner Limousine winken. Vier Stunden hatten wir, die Fähnchen in den Fäusten, gewartet. Und es war kalt. Und das Auto schnell an uns vorbei. Wir sollten einen Aufsatz zum Ereignis schreiben. Und ich erhielt eine Eins, weil ich schrieb, wie schön es wäre, wenn mich der Vorsitzende auf dem Arm mit in die Regierung nähme. Das gefiel meiner Deutschlehrerin so sehr, daß sie mir ein Bild des Landesvaters Pieck schenkte.

Wir standen mit Gießkannen an der Straße, die Friedensfahrer zu begießen. Und erlebten an der Kreuzung, über die sie zu uns strampeln sollten, einen bösen Massensturz. Nicht einer der Fahrer hatte Zeit, uns zuzuwinken.

Da war ich achteinhalb. Der Nachbar hatte weiße Hühner, die er mit Pellkartoffeln mästete. Wenn er eines der Gackerviecher unterm Beil hatte, warf er uns Kindern die abgeschnittenen Füße zu, mit denen wir Kranarbeiten vollführten. Der Krüppel Herbert hatte eine Ziehharmonika. Darauf spielte er wehleidige Melodien. Der andere Nachbar hatte zwei Schafe im Stall. Die waren rund und dick. Die verkaufe ich nie, hat er jeden Tag zu mir gesagt und sie nie verkauft. Im Winter ist er dann gestorben. Und seine Schafe hat der Bauer Glöde geholt.

Im Winter saßen die Leute in den niedrigen Häusern bei Grog um den großen Wohntisch und grollten gegen die Kälte und den Schnee an. Schnee, sagten die Männer, paßt nicht zu uns.

Ich weiß noch, es fiel Schnee, als ich das dritte Mal adoptiert werden sollte. Der Schnee fiel fein und dicht. Ich lief allein in den neuen Ort. Ging die verschneiten Wege suchend hin und her. Wurde vom buckligen Herbert letztendlich zum Haus meiner zukünftigen Eltern geführt.

Vor der Tür lagen zwei Ziegelsteine. Auf die Steine mußte ich steigen, wollte ich den Klingelknopf erreichen.

Dann wurde ich gefragt, wie ich die Zieheltern zu nennen gedachte. Ich sagte, weil ich in einem Film Kinder so mit ihren Eltern reden gehört hatte: Mam und Dad.

Die Stille war prekär. Die Großmutter hielt die Hände vorm Bauch und lachte nach innen. Man sah es ihren gefalteten Händen über der Kittelschürze an, die auf und nieder wackelten. Ich wurde weiter befragt. Ich spürte, ich hatte keine Wahl. Ich sollte Mutti Vati sagen. Und ich sagte Mutti Vati.

In den folgenden Monaten quälte mich ein widerlicher Alp. Im Traum stromerte ich auf dem Friedhof zwischen Gräbern umher. Ich fand eine Grabstätte mit einem dunklen Stein, in den mein Todesdatum geritzt war. Ich bearbeitete den Stein mit einem Preßlufthammer und konnte die Daten nicht auslöschen. Ich verzweifelte. Trat in meiner Rage mit den Füßen gegen kalten Marmor. Schließlich wuchtete ich eine Spitzhacke in die frische Erde. Ich fiel in Ohnmacht, erwachte und konnte meine Hände nicht ohne Schmerzen vom Hals lösen.

Ich war ein Mischwesen, halb Städter schon und noch halb Heimer.

Wenn es zu Kloppereien zwischen Stadt- und Heimkindern kam, stand ich alleingelassen auf dem Tummelplatz. Niemand nahm mich wahr. Forderte mich heraus. Ich hätte auf mich einschlagen müssen.

Die neue Mutter liebte es, mich von Kopf bis Fuß neu einzukleiden. Sie räumte den Hof und bastelte mir einen kleinen Laufsteg, schnurstracks am Hühnerhof vorbei. Auf dem Steg hatte ich ihr von Zeit zu Zeit die von ihr mit Sorgfalt und dem Geschmack der Zeit erworbene neueste Garderobe vorzuführen. Mein Körper war ihr eine Kleiderpuppe. Sie bugsierte mich von einer Umkleidekabine in eine andere. Ich ging in türkis, ging in gelb, ging in lila. Auf meinem Kopf saß keck eine Mütze, unter der ich schwitzte.

Die wenigen warmen Monate, in welchen ich, von der Mutter ausstaffiert, durch die dörflichen Gassen huschte, rückte die Verwandtschaft bei jeder Gelegenheit mit ihren Kameras an. Meine Mutter schob mich in Positionen, daß es in den Gelenken knackte. Sie sagte: ›Den Kopf mal zur Seite‹. Ich stand von allen umstanden und machte den Kopf zur Seite. Ich schaute durchtrieben, stand locker und gelassen, wie es die Mutter verlangte. Der Himmel über mir war blau. Die Sonne lachte mich aus. Die Mutter drückte mir eine Mundharmonika in die Hand und gab Entzücken kund. Es ging auf unserem Hühnerhof zu, wie es wohl nur noch bei den Beatles zugehen sollte. Ich drehte mich im Blitzlicht, stand in Sepplhose, lächelte wie Karel Gott, ließ mich hin- und herdirigieren.

Die Tanten, Onkels klatschten Beifall, wenn mich die Mutter als letzten Schrei aus dem Modehaus präsentierte.

Der Frühling war um. Die Bäume blühten nicht mehr. Die Sonne brannte, wenn sie durch die Wolken kam, auf der Haut. Ich bestieg, eigens zur großen Reise neugekleidet, den Omnibus. Meine Mutter wäre am liebsten mitgefahren. Ihr genügte die gute Frau, welche ebenfalls nach Wismar wollte und versprach, mich sicher ans Ziel zu bringen, nicht.

Ich traf pünktlich in Wismar auf dem Bahnhof ein. Ich erkannte Onkel Paul und Tante Klara auf Anhieb. Sie sahen aus wie auf den Bildern, die mir vor der Reise gezeigt worden waren. Die Tante trug den strengen Dutt und lachte nicht. Onkel Pauls bis zum Haarwirbel ausrasierter Schädel jagte mir einen Schrekken ein.

Wismar war größer als jede Erwartung.

Ich hatte bisher lediglich Lachmöwen, Strandläufer und Sumpfhühner kennengelernt. Froschteiche besucht, Kühe und Küken, Kiebitze und Rothalstaucher beobachtet. Mein schönster Ort waren die Irrwege zwischen den Baracken der Bootsausleihe. Ich schaute die Häuser empor, und es wurde mir schwindlig bei diesen tollkühnen Fassaden.

In Wismar sah ich russische Kinder. Mädchen mit schneeweißen Schleifen im Haar. Jungen mit seltsamen Glatzen. Bis dahin hatte ich nur die Soldaten gesehen, die an der großen Kreuzung Panzerkolonnen die Richtung wiesen und Uhren gegen Schnaps tauschten. Und natürlich die Reden gehört, die über den Russen durchs Dorf getragen wurden. Denn der Russe kam von weit her. Der Russe stand am Straßenrand und tat den Frauen leid. Der Russe hatte Männer wie Frauen, Kinder und Alte befreit. Der Russe hat geklaut. Der Russe war nicht wie der Ami. Aber der Ami war auch nicht wie der Franzose. Der Russe war blond oder hatte eine Glatze. Der Russe hieß offiziell Sowjetsoldat. Er konnte deutsche Autos reparieren und kaute, wenn er lachte, auf Streichhölzern. Der Russe war ein akrobatisches Wesen. In den Kniegelenken eine regelrechte Tanzmaus. Der Russe war blutjung. Seine Vorgesetzten waren dick wie der Zar. Und sah um die Augen nie lustig aus. Der Russe verstand zu feiern. Der Russe soff wie ein Loch. Der Russe aß, wenn er feierte, die Zwiebel roh aus der Hand. Die Frauen in Rußland schenkten Fremden Salz zum Brot. Der Russe war freundlich. Es ließ sich vom Russen nicht viel Böses sagen. Freilich. Der Russe lebte unter sich. Und hatte keinen leichten Stand. Denn eine lockere Hand herrschte wohl unterm Russen. Es setze harte

Schläge bis zum Zusammenbruch, hieß es. Denn dem Russen war der Russe ziemlich einerlei.

Die Russenkinder, die ich in Wismar sah, sprachen kein Deutsch. Daß ich mich ernsthaft fragte, wie sie es mit den Lehrern in der Schule machten.

Wir gingen in Wismar aufregende Wege. Über breite Bürgersteige. Über einen großen Platz, in dessen Mitte ein Gitterbrunnen mit einer goldenen Krone stand. Die vielen stattlichen Bürgerhäuser mit ihren zackigen Fronten schindeten Eindruck. Auf den kleinen Türmchen gurrten zottlige Tauben. Weiße Möwen huschten durch enge Gassen. Das Klappern der Pferdehufe auf dem Kopfsteinpflaster ließ mich an meine Ritterzeit zurückdenken. Es gab die Krämerstraße. Die Goldschmiedgasse. Den alten Schweden und gelbrotgrüne Ampeln.

Ich war in dieser Stadt wie in einem anderen Lande. Das Haus der Beiden hatte drei Stockwerke. Und im gepflegten Vorgarten weißbepinselte Begrenzungssteine.

Tante Klara beschrieb mir, wo im Flur die Jacke einzuhängen sei, an welcher Stelle ich meine Schuhe gegen die hauseigenen Puschen auszutauschen hatte, in welchen Sessel ich mich nicht setzen dürfe und wo die Naschereien für mich lägen.

Das erste Essen bei der Tante hieß Schlesisches Himmelreich. Die Tante trug die Schüsseln auf und posaunte, Mecklenburgisch wolle man nicht kochen. Der Onkel nickte zackig und meinte, in der Heimaterde wüchsen die süßesten Kartoffeln, aß von seinem Teller und verzog keine Miene. Nach dem Essen wurde geschwiegen und an die Heimat gedacht.

Vor den Kneipen Wismars hockten die Männer in fingerdicken Wolljacken und tiefblauen Pullovern. Wie bei uns zu Hause. In den Gesichtern der Männer stand die Entschlossenheit und der Wagemut ihrer Vorfahren geschrieben. Die schweren Pranken umklammerten die Bierbuddeln. Und manch einem alten Zausel sah man noch an, daß er einst unter wilden Burschen gewesen sein dürfte. Überall in der Stadt kräftige, wortkarge, weichhäutige Gesellen, wie ich sie allein in Rerik ansässig glaubte. Burschen von Mißtrauen durchblutet. Jungs, denen man so leicht kein U für ein X unterjubeln sollte.

Meine neuen Verwandten spielten häufig Karten. Und sprachen in Reimen. Vor allem, wenn sie aneinandergerieten. Hatte Onkel Paul zum Beispiel verloren, so legte er die Karten auf den Tisch und sagte verärgert: ›Was soll ich dazu sagen. / Sie hat mich wieder geschlagen.‹

Die Tante mischte neu und sagte, während sie sich und dem Onkel die nächsten Karten zuteilte: ›Den nenne ich einen wackren Mann, / der lächelnd verlieren kann.‹

Wie immer aber der Spielstand war, man legte das Blatt Gong Achtuhr zur Seite und drehte das Radio auf. Der Onkel im Sessel zur rechten Seite, die Tante zur linken. Beider Ohren klebten von nun an am Apparat. Ihre Stirnen wurden weiß vor Aufmerksamkeit. Der Onkel verriet einmal, die Tante sei am alten Monogerät, welches man lange besessen, ein nörgelnder Geist gewesen. Wie fein er auch den Sender eingestellt habe, nie seien ihr Klang und Tonstärke recht geworden. Schließlich habe man sich des Haussegens wegen für das sehr teure Radio entschieden. Die zwei zusätzlichen Außenlautsprecher, von denen beide profitierten, habe man extra von einem Fachmann einbauen lassen.

Weswegen man das Spiel immer zur gleichen Zeit abbrach, war nicht etwa eine Regierungsansprache, ein Weltkonzert oder die Fortführung eines spannenden Kriminalspektakels erster Güte. Nicht doch. Es handelte sich lediglich um eine schlichte, bei Onkel wie Tante allerdings über jede Norm hoch in Anerkennung stehende wöchentliche Ratgebersendung. Eine Schenkung sondergleichen, mit Spezialisten, die auf den entlegensten Wissensgebieten ackerten. Die Tante trug an Radiotagen ihr schönstes Kleid und hob den Finger und meinte, was jetzt käme, wären schlichtweg *die* zwei vollen Stunden feinster Funkbildung. Die stets wechselnden Prominenzen waren für sie Leute mit Bewunderung heischender Biografie und vorzüglichen Titeln. Denn unter Doktor ginge nichts. Diese Besonderheit, pflichtete der Onkel bei, erhebe das Zuhören in die Kategorie würdiger Feierlichkeiten. Das von den Autoritäten über UKW vermittelte Wissen flocht sich in den Hirnen der beiden Ratsuchenden zu einem langen Band tollster Erlebnisse. Man habe bereits unglaublichste Überraschungen genossen und Kunde von Dingen vernommen, die ein Mensch sich auch im Kühnsten nicht ausmalen könne. Dann wurde ich überraschend gefragt, wovon sich der Marienkäfer ernähre. Und weil ich es nicht sagen konnte, Bedauern darüber ausgedrückt, daß meine Zieheltern keine Ahnung davon besäßen, was es im Feindsenderbereich an Goldgruben auszuheben gäbe. Der Onkel faßte die mitleidigen Äußerungen der Tante radikaler und statuierte, es käme dem Frevel gleich, auch nur eine einzige dieser funkmündlichen Wunderfuhren zu verabsäumen.

Tante Klara hatte neben dem Radio einen Bleistift und ein dickes Notizbuch liegen. Sie notierte ergeben, wovon sie sich versprach, es könne zu irgendeiner unbestimmten, eventuell sogar nahen Zeit von größerer Bedeutung sein. Der Onkel deutete stolz mit dem Zeigefinger auf die sütterlinen Ausführungen der Tante und nannte die Notizen Rettungsringe. Die Tante pflichtete wortlos bei. Der Onkel nahm das Büchlein regelmäßig zur Hand. Er ging es an seinem Schreibtisch Seite für Seite durch. Von Zeit zu Zeit legte er es aus der Hand. Er nahm die Brille ab. Seine Lippen wurden ganz schmal. Er starrte lange zur Decke, ehe er das Buch wieder aufnahm, es durchging, es fortlegte und sich endgültig in den Sessel zurücklehnte.

Nicht alle Ratschläge waren für Onkel und Tante Sensationen. Wußte man etwas, sprang man nicht pennälerhaft auf, sondern genoß gemeinsam den Zustand vornehmster Geräuschlosigkeit. Die Tante ließ den Notizstift ins aufgeschlagene Notizheftchen sinken und reimte in Richtung Radio: ›So dumm sind die kleinen Mitesser / nu auch nicht, Herr Professer.‹

Und in der Welt fielen Busse von Brücken. Bomben wurden aus Bombenluken geklinkt. Die Erde bebte weiter. Unsinkbare Schiffe rutschten wie Gelee ins tosende Wasser. Das Korn verfaulte. Die Kirschen holten sich die Stare. Heuschrecken fraßen sich durchs Gebüsch. Bürger fielen lang hin. Oder wurden von Walzen zerquetscht, wie im Falle Baltimore ein Mann bei den Vorbereitungen zu einem Stapellauf.

Ich sah die Tante neben dem Onkel versteinert und mit toten Augen im Sessel klemmen, daß ich nie wußte, ob sie schliefen oder gar die Feuerwehr zu rufen war. Ich schaute, wenn mich die Themen nicht interessierten, auf die zittrigen Blätter der Bäume vor dem Haus der Verwandtschaft. Ich hatte zu warten, bis die Sendung festlich mit einer sehr einprägsamen Melodie ausklang. Erst wenn sich die zwei Zuhörer von ihren Rängen erhoben, konnte mir aus den beiden Logensesseln ein mit flauschigen Decken und Federkissen versehenes Nachtlager zusammengerückt werden.

Dem Onkel war es nicht angenehm, daß ich die Sendung des feindlichen Rundfunks mitbekam. Er hätte mich lieber auf dem Mond gesehen. Weil meine Eltern doch, wie er mehrfach ausführte, sich dem neuen Staat auf Teufel komm' raus mit Leib und Seele verschworen hätten. Ich ertrug seine Versuche, mich in die Küche abzudrängen, im Wissen, daß die Tante das energisch unterbinden würde. Sie sagte, wenn der Onkel glaube, Bereicherung des Hirnes sei für einen werdenden Menschen nicht gedeihlich, so habe sie sich im Partner wohl geirrt. Zudem in einem Lande, wo einer aus allen Himmelsregalen Erfahrungen zu ziehen habe. Der Onkel nahm den Treffer hin und konterte schwach, es könne mich bei den Eltern und in der Schule in Schwierigkeiten bringen. Doch untergrub sie auch diese Bedenken und flötete: ›Wissen und Bildung nie schaden kann / dem Mann im Osten wie dem Westernmann.‹

An einem Tage darauf, der Onkel war unterwegs, nahm mich die Tante zur Seite, streckte mahnend den Zeigefinger und flüsterte, ich dürfe darüber, daß ich bei Onkel und Tante westliche Ratgebersendungen abhöre, mit niemandem, auch nicht meinen Eltern reden. ›Das könne auf dieser Erden / unser aller Unglück werden.‹ Ich biß lang und symbolisch, das Gesicht der Tante zugewandt, auf meine Lippen. Und sonnte mich in ihrer Zufriedenheit.

Ich bemerkte an mir die Fähigkeit, mich in unbekannte Städte hineinzuversetzen. Der Onkel lobte an mir die erstaunliche Begabung, mich zu orientieren. Ich verliebte mich in kleine Details, die mir wie Eselsohren durch das Buch die Stadt Wismar halfen. Ich wünschte, ich würde später ein anerkannter Städtebauer sein und mir eine Stadt nach meiner Vorstellung errichten.

In Wismar wurde im Gegensatz zu meinem Elternhaus am Tisch gerne und viel geredet. ›Wer an Gesprächsstoff arm, / dem bleiben die Speisen warm. / Doch haben die Reden am Tische Gehalt, / wird man so klug wie das Essen halt kalt.‹

Der Onkel ging im Zimmer zur Sonntagskaffeestunde auf und ab. Die Arme auf dem Rücken verschränkt, blieb er stehen. Er räusperte sich, setzte sich an den Tisch und schlug der Tante ein Thema zur Konversation vor. War die Tante einverstanden, so wurde alles in den möglichen Facetten ausgetauscht, die Angelegenheit rundum beleuchtet.

Einmal ging es um das Leben in der Stadt im Unterschied zu den Gewohnheiten der Bauern. Die Tante, die ihr Sein in der Stadt beklagte, lobte sehr das Landleben. Sie meinte, die Menschen vom Lande empfingen Nachrichten aus Regionen, die den Städtern lebenslang verborgen blieben. Der Landmann höre das Holz im Ofen lauter knacken. Der Schäfer sähe durch die Mauerungen der Häuser die Uhr an der Wand des Nachbarn. Ländliche Abgeschiedenheit schärfe die Sinne. Der Onkel stimmte zu und scherzte: ›Wer in seiner Stube hockt / keinen Mist verbockt.‹

Man lobte die See. Das Meer bilde enorme Visionen. Die naturgemäße Knappheit Mecklenburgs gebiete nicht nur Enthaltsamkeit, sondern schaffe Raum zum Nachsinnen. In den Städten benebelten sich die Menschen im Umgang gegeneinander. Von den Ausführungen, die ich über weite Strecken nicht verstand, blieb mir hängen, wie trügerisch die Städte wären. Der Onkel träufelte mir ein, daß zarteste Empfindungen von den Reifen der Autos plattgefahren würden und daß die Frauen auf dem Lande noch Frauen wären. Einmal sprach die Tante von der Liebe auf dem Lande und brach die Unterhaltung ab. Das geschah, indem sie sich erhob und stöhnte, man gewöhne sich so erschreckend an die Existenz von Verbauung. Man sei verblendet und wünsche, in der Umziegelung steckend, bis zum Tode dort wohnen zu bleiben. Gefühlen gegenüber sei die Welt gleichgültig geworden. Überall Menschen, die an sich vorbeilebten. Das Stadtvolk denke, es sei reich an Erregungen. Der Onkel griff die Klage auf und beendete seinerseits die Debatte: ›Die

Stadt ist ein großer Betrug / Man wird alt in ihr, doch nicht klug.‹

Die Wochen in Wismar fielen in jenes Intervall, als der Fleischermeister meiner Kindheit mit erhobener Axt hinter seiner Frau her war. Die Gute lief schreiend über den Schlachthof. Überquerte leichtbekittelt die Dorfstraße. Rannte kreischend in Richtung Apotheke. Der Fleischer hinterdrein. Nur weil er ein Bündel rotumschleifter Briefchen aufgefunden hatte. Eine lang geheimgehaltene zarte Sendung, dem Absender nach vom Schornsteinfeger der Kreisstadt, wie die Postfrau wußte. Ein Schürzenjäger par excellence und in dritter Ehe befindlich, Vater von vier Kindern. Ein Mann mit seiner Übersicht, der den Leuten auf dem Kopf rumtanze, habe berufsbedingt den Blick für die Not mancher Frau. Und könne leicht den Ausputzer in Liebesdingen spielen.

Im Dorfe fragte sich jeder unfreiwillige Beobachter dieser Szene einer Ehe erschrocken, wie die Attacke zu verhindern gewesen wäre. Daß eine Frau ihr erotisches Sonderbündel nicht ewig vor dem Manne verbergen müsse, schien ausgemacht. Aber hätte nicht, so ging es im Dorfe die Straße hoch und runter, der Briefträger das wutauslösende Bravourstück von vornherein verhindern müssen? Denn schließlich obliegte es dem Mann, der wissentlich solch einen Zündstoff ins Haus schleuste, ihn nach Erkalten jedweger Regungen unter angemessener Verschwiegenheit wieder sachgemäß zu entsorgen.

Ein Fleischermeister, so die feste Überzeugung der Dorfgemeinde, solle mit seinem Handwerkszeug hinter den jungen Kälbern, den verkalkten Hammeln und fetten Säuen her sein. Aber nicht zum Todesengel und Eherichter der eigenen Frau werden. Zumal von seiner Frau nur Lobrede im Dorf umging. Wie keine zweite geradezu geboren fürs Geschäft wäre sie, mit ihrem Bittesehr und Jawohlderherr. Immer ein freundliches Wort. Selbst an Regentagen von lebensbejahender Munterkeit. Daß es in schiere Freude ausartete, bei ihr einen rohen Schinken zu erstehen. Meine Mutter sagte ihr sogar Herzensbildung nach. Und die war nach ihrer Ansicht in Mecklenburg eine sehr rare

Gemütsverfassung. Unsere Nachbarin meinte, was die Frau einem zusätzlich empfahl, hätte sie nie enttäuscht.

Mein Vater, der vom berechtigten Wert ordentlicher Amtsstuben und sauberer Schalter überzeugt war, verteidigte den Briefträger in der Schule gegenüber den haarsträubenden Vorwürfen breitester Bevölkerungsteile. Er schlug sogar seine Hand aufs Pult und vermerkte mit mühsam beherrschter Stimme: Wo es hinführe, wenn der Briefträger zu erahnen habe, wes ehebrecherischer Geist und sonstwie Wust hinter der äußeren Schale eines Briefkuverts stecke. Zu bedenken habe ein jeder Kritiker, wieviel Glück der Mann mit der Umhängetasche gerade Kindern und Alten Jahr um Jahr unter der Regentschaft von Sonne, Sturm, Hagelschlag gebracht hätte. Von niemanden werde er die nüchterne Arbeit eines rechtschaffenen Mannes ins verzerrende Licht rücken lassen. Der Vater erntete verhaltenen Beifall. Mehr weil man sich wunderte, weshalb der Mann ausgerechnet in dieser Angelegenheit seine sonst eher vermißte Stimme so vehement erhob. Wußte man doch, daß sich bei meinen Eltern rein gar nichts unter der gemeinsamen Decke abspielte. Ich liebte diese energische Verteidigungsrede meines Vaters sehr und wollte fortan Briefträger werden.

Es regnete in Wismar während der Ratgebersendung in Strömen. Ich saß am Fenster. Gegenüber dem Haus war ein Fußballstadion. Es hieß, es kämen an Sonntagen viele Leute dort zusammen. Die Tante wollte mich vom Fenster in die Stube zu einer albernen Bastelei locken, denn sie setzte Sport dem Mord gleich. Ich widerstand und sah Alte und Junge, Männer wie Frauen anrücken. Ich hörte sie hinter der Bretterwand jubeln und stöhnen. Es herrschte im Kessel, wie ihn der Onkel betitelte, ein solcher Tumult, daß er durch die Fensterritzen zu vernehmen war. Nach dem Spiel standen die Obertrottel, so die Tante, lange wild debattierend auf den ausgetretenen Stufen. Da wünschte ich Fußballer zu werden. Und erntete von der Tante folgenden Reim: ›Zweiundzwanzig Männer und ein Ball / Zweiundzwanzig Köppe mit einem Knall.‹

Mir gefielen in Wismar die Straßenlaternen. Mich interessierte das wechselnde Licht der Ampel unten an der Straßenecke. Man sah hinter den Schauscheiben künstliche Puppen. Und auf den Bürgersteigen waren Kleinhändler und Angestellte in seltsamer Robe unterwegs. Ihre Gesichter schienen von einem Designer gefertigt zu sein. Der Schuster an der Ecke der Straße, in der die Tante mit dem Onkel lebte, hatte ein Sohlenvisage. Die Verkäuferin war von der schlichten Blaßheit der Einkaufsbeutel getönt. Und die Polizisten hatten feiste, leicht bräunliche Bäckchen und Fingernägel, die zu ihren blanken Stiefelschaften gehörten.

Spaß sei unter den Mecklenburgern nicht viel zu finden, erklärte die Tante. Man könne keinen noch so einfachen Witz unter die Leute streuen, ohne lange Nachfrage auszulösen. Lustige Menschen, resümierte sie, würden in Mecklenburg nicht geduldet und über Nacht außer Landes gebracht.

Die Tante war mit dem Onkel wegen der zerrissenen Zeit, wie sie sagten, kinderlos geblieben. Wenn ich von den Erlebnissen im Heim sprach, wurden die zwei stiller. Der Tante zwickte es, wie sie betonte, in ihren Handgelenken. Es knackte mütterliche Zuneigung in den Fingerspitzen. Es zuckte Verstehen in den Armen, die sie um mich legte. Mitleid durchströmte die Schnauzbartlippen des Onkels so heftig, daß mir die Mutter später verbot, von den Tagen im Heim zu sprechen.

Wismar war eine Stadt mit maritimer Geschichte. Es gab dort ein Schiffsmuseum. Jemand hatte in seiner Freizeit kleine Modelle gebaut und sie flachgelegt durch den Hals in Flaschen gestopft und die Masten wieder aufgerichtet. Es fand sich eine große Flasche mit mehreren Nachbildungen. Die hatte der Meister mit einer detailgetreuen Stadtansicht im Hafenbereich versehen. Vor diesem Exponat stand ich staunend. Seit jenem Tage war mir, als lebten wir alle in einem riesigen Weinballon. Und mein Dorf bestünde aus Gips.

Von einer anderen Beschäftigung in der Stadt Wismar will ich gern berichten. Die Tante, wenn sie meiner Lebendigkeit Zucker geben und mich nebenbei für Stunden loswerden wollte, führte mich zum Hafen, wohl auch, weil der Onkel meinte, ich sei kein *waschechten Mechlenbörger* und im Hause nicht leicht zu ertragen. Es ging mit der Tante zu den Hochbussen. Die Oberleitungsbusse waren schöne Fahrzeuge. Die Tante zahlte mich für eine ganze Runde aus und ich schwebte bis nach Wendorf und zurück. Von Wendorf hieß es, dem Fritz Reuter würde es dort den Hut vom Kopfe schlagen angesichts der neuen Bauten, auf die man im gesamten Land etwas gab. Denn Wohnen war Programm und in Beton gegossenes Hauptanliegen der Partei.

Die Tante konnte in der Zwischenzeit bummeln gehen oder verschwand in der Milchbar. Sie stand, wenn die Rundreise beendet war, an der Haltestelle und sagte, egal was ich ihr zu berichten hatte: *Is nich wahr.*

Einmal traf der Bus früher als die Tante an der Haltestelle ein. Ich zahlte dem Busfahrer die nächste Runde aus der eigenen Tasche und fuhr ein zweites Mal nach Wendorf, was einen Riesenknatsch auslöste. Der Onkel stellte sich breitbeinig auf und sagte: ›Das hat er mir zum allerletzten Mal gemacht.‹

Es gibt Fotografien aus diesen Tagen, die zeigen mich mit Tennisschläger neben meinem Vater. Ein anderes Bild vor dem Weißkohlfeld, neben unserem Haus, im weißen Rollkragenpullover. Das Foto wollte die Mutter nicht annehmen, weil ihr der Hintergrund zu geringwertig dünkte und sie mich mit Rollkragen unvorteilhaft gekleidet wähnte. Besser gefielen ihr die Bilder aus dem Garten vor der vermörtelten Zierfront, in die mein Vater Ostseesteine hineingewerkelt hatte. Auf ihrem Lieblingsbild stehe ich, von der Mutter speziell zum Fototermin herausgeputzt, zwischen Gartengestühl unter den weißblühenden Kirschbäumen, eine fesche Schirmmütze auf dem Köpfchen. Die Mutter hat den Arm auf meine Schulter gelegt. Sie trug leichte Stoffhandschuhe, so weiß wie mein Hemd, und konnte sich nicht oft genug an meiner glänzenden Seidenfliege, die mir bei der langwierigen Aufnahmeprozedur den Hals schnürte, erfreuen. Zu den wenigen Bildern vor schönen Schaufenstern, die sie in ihr Herz geschlossen hatte, gehört eines, welches mich vor einer Drogerie in einem knielangen Mantel mit goldener Schnalle um die jungen Hüften zeigt. Man kann im Hintergrund die Buchstaben ›rodont‹ und ›weiße Zähne‹ lesen. In der Hand halte ich eine Violine, die mir irgendein Hobbygeiger vermacht hatte. Die Mutter war umgehend von der Idee entzückt, aus ihrem, wie sie sich ausdrückte, zweifelsfrei musikbegabten Zögling einen über die nationalen Grenzen hin anerkannten Virtuosen zu erschaffen. Am Haff wurde zudem ein Lesecafé eröffnet. Ein für die Gegend gewagter, leicht futuristischer halbrunder Bau, mit bunten Bullaugen als Fenster, dem Warnemünder ›Teepott‹ nicht unähnlich. Dorthin, so lag sie mir in den Ohren, habe sie ganz gute Beziehungen, und wenn ich ein Liedchen einstudiert hätte, könne sie es arrangieren, daß ich die ersten umjubelten Verbeuger vor sprachlosen Sommergästen vollführe. Ich hatte mir damals eine Gitarre eingetauscht und beherrschte bereits jene legendären fünf Griffe, um das Lied von der Sonne und dem reisenden Haus zu intonieren. Ein Song, von dem man sich allgemeine Bewunderung beim anderen Geschlecht erwarten durfte. In unserem Dorf aber gab es keinen Menschen, welcher mir das Violinspielen hätte beibringen können. Und zum Pastor bestanden keine diplomatischen Beziehungen. Weil aber die Mutter mein von ihr entdecktes Talent nicht einfach der nagenden Zeit überantworten wollte, wurde ich mit dem Akkordeon, das sie dem Herbert abschwatzte, beglückt. Ich ging bei einem reinen Nervenbündel in die Lehre, von dem die Mutter nur schlecht sprach, weil es mit meinen Fähigkeiten selbst nach einem halben Jahr nicht so recht aufwärts ging. Weshalb sie meinen Trainer aufs Heftigste unter Beschuß nahm, ihm Geldgier und Unfähigkeit bescheinigte und mich nach einem lauten Disput schlagartig und für alle Zeiten aus der Pflicht nahm. Ich unterwies die Großmutter in der Handhabung der Kamera mit dem wohlklingenden Namen ›Puva Start‹ und ließ mich von ihr auf der Sportwiese, Bein über Bein gekreuzt, auf einem Siegertreppchen mit provokant geöffnetem Hemd ablichten. Und obwohl man genau sehen konnte, daß ich mit der Linken ein perfektes C-Dur beziehungsweise auf dem anderen Bildchen die Saiten zum bedeutend schwereren H-Moll griff, erregten die zwei Dokumente der Mutter Gemüt so sehr, daß sie nicht nur die Großmutter niederschrie, sondern die Skandalstücke in tausend Einzelteile fetzte und den Hühnern in den Trog warf. Diesem Vorfall verdanke ich, daß meiner Mutter die Lust, mich zu konterfeien, vergangen war. Und also keine Bilder geschossen wurden, die mich in Schnürstiefeln und Mokassins, mit Zylinder oder in Husarenuniform, in lustiger Regenpelerine und Ritterrüstung mit einem protzigen Schmucksäbel im Weidenharnisch zeigten.

Wo die Mutter nicht mit der Kamera hinkam, war ich frei. Dann kniete ich ins schlammige Feld ab. Oder ich kroch auf allen Vieren über feuchten Dung. Oder ich suhlte wie das wilde Schwein im Modder. Ich balancierte in den Furchen der frischgepflügten Äcker. Fiel gern hin, rutschte extra in Pfützen. Glitt auf dem Hosenboden matschige Anhöhen hinab.

In jenem Sommer, als meine Mutter das Knipsen aufgab, herrschte Brausemangel. Die Verkäuferinnen boten als Ausgleich

Apfelsaft an. Am Schwarzen Brett stand, daß das ›sozialistische Dorf nur durch die gemeinsame Tat aller gesellschaftlichen Kräfte und aller Einwohner des Dorfes Wirklichkeit wird, daß alle bei der Versorgung der Bevölkerung mithelfen und die LPG unterstützen. Das ist der Weg, damit das Leben im Dorf angenehm und kulturvoller wird.‹

Die Leute hielten sich, weil Stoffe knapp waren, Kaninchen, denen sie das Fell über die Ohren zogen, um daraus Mützen, Jacken und Mäntel zu fertigen. Sie zogen den Karnickeln die Felle über den Kopf, um den Staat vor unnötigen Devisenausgaben zu bewahren.

In der Schule wurde eine Arbeitsgemeinschaft ›Junge Schweinezüchter‹ ins Leben gerufen, die sich gegenüber den Bauern verpflichtete, zwei Ferkel pro Jahr zu mästen. Wir wurden zur Hilfe in die LPG abkommandiert. Die Bäuerinnen brachten uns kalten Tee und dicke Bauernbrote aufs Feld. Wir kicherten und eckten an, bewarfen uns mit Erdklumpen. Wir suchten uns zu drücken und waren, wo es ging, im Stroh verschwunden. Die fleißigen Mädchen gingen an heißen Tagen im Badeanzug über die Rübenfelder. Sie holten sich Sonnenbrände und machten mit ihren Hacken den kleinen Keimlingen den Garaus. Im bunten Herbst krochen wir auf allen Vieren einem Traktorgespann hinterher, auf dem zwei Bäuerinnen saßen. Wir zeigten der einen Bäuerin den vollen Korb, kassierten die erste Marke. Wir lernten die Kartoffelkiepe so über den Hänger zu bugsieren, daß wir ihn, nachdem wir um den Hänger herum waren, wieder auffangen konnten. Den entleerten Korb zeigten wir der zweiten Bäuerin, die mit dem Rücken zu der anderen Bäuerin stand, und kassierten von ihr den zweiten Bonus. Die kleinen Blechmarken hatten den Wert von 30 Pfennig. Und obwohl wir weniger Kartoffeln als die anderen vom Felde lasen, klingelte es in unserer Klassenkasse reichlicher als bei den anderen Schulbrüdern.

Zur selben Zeit wurde im Dorf eine Woche der Hygenie ausgerufen. Die Menschen standen im Schulterschluß. Mitten im Dorf wartete eine Kreissäge. Jeder durfte an ihr sein Holz in Stücke schneiden, es mit einem zur Verfügung gestellten Pferdefuhrwerk ins Haus schaffen. Die Kleingärtner berieten sich und lieferten 400 Kilogramm Erdbeeren zusätzlich an den Handel. Herr Kabbe verpflichtete sich, 30 Wellensittiche für den Export aufzuziehen. Am Strand tobten die Urlauberfeste. Man stählte sich im sportlichen Wettkampf. Auf dem Haff fanden Regatten statt. Die sonnenverwöhnten Segler putzten zum Ersten Mai ihre Boote heraus, um sie zur Demonstration mitzuführen. Im Krug spielte am Nachmittag die Jugendlaienkapelle Ostseetrio. Jedes Jahr aufs Neue wurden Papierkörbe am Strand aufgestellt, die nach und nach spurlos verschwanden. Die Polizei kümmerte sich um die Haftentlassenen und Rückkehrer aus dem Westen, ihnen den Weg in die sozialistische Horde zu erleichtern.

Das Land befand sich im kalten Krieg. Im Kurhaus trafen sich die Bauern der Umgebung. Sie hielten Erfahrungsaustausch über die Rinder und die Schweinezucht und feiten sich für Begegnungen mit westlichen Schönrednern. Zur Ostseewoche durften dreißig von ihnen auf einem Laster in die Bezirkshauptstadt reisen, wo man sie mit akrobatischen Darbietungen belohnte. Ein Küstenmotorschiff erhielt den verpflichtenden Namen meines kleinen Kaffs. Von zehn Beerdigungen allerdings waren damals nur zwei sozialistische Bestattungen.

Ich ging mit einem Zeichenblock um. Es war so vielem auf die Spur zu kommen. In dieser an Kargheit reichen Landschaft. Ich hielt den einzelnen Baum nur auf dem Papier fest, um ihn aus der Landschaft zu befreien. Ich fixierte die Fischer und ihre Boote für nachkommende Generationen. Besser gesagt: Ich spielte einen Maler, poussierte mit einem Malblock. Ich blickte angespannt über den Zeichenstift. Gab mich vollkonzentriert und schwieg, den Ersatzpinsel zwischen den Lippen, während ich kritzelte, als könnte ich mich verlieren. Ich glaubte an mein Talent und sah mich von einem unbekannten Gönner, der sich demnächst am Horizont zeigen würde, längst ins Visier genommen, wohlwollend beobachtet, und kostenfrei nach Palettenland geschickt, wo ich bei den besten Pinslern der Welt logierte.

Aber Kunst war das, was ich in Postkartengröße wiedergab, lange nicht. Ich zeichnete brav und wenig detailgetreu. Die Netze flickenden Wassermänner schauten mir freundlich beim Zeichnen zu und gaben mir väterliche Hinweise, derweil ich das dünne Papier mit dicken Farben füllte. Und eines Tages traf einer der Fischer auf meinen Vater und verriet ihm: *Von Farbens versteit hei wat.* Dem Vater klang das schlimm im Ohr. Ihm war Kunst nicht die Krume des leeren Brotfaches wert. Er zürnte hochrot dem baffen Fischer, wovon das Kind Ahnungen zu erhalten habe, werde nicht auf Zeichenblättern ausgehandelt. Und tat kund, für ihn seien Künstler reine Scharlatane.

Die Mutter hielt gute Maler für imposante Erscheinungen. Der Mutter gefielen viele meiner Bilder. Sie meinte, wer schöne Bilder zustande brächte, Bilder auf denen man das Blatt am Baume erkennen konnte, sei ein kluges Wesen. Aus den Büchern wußte sie, daß Maler mit Gelehrten und gestandenen Männern aus Politik und Wirtschaft engste Kontakte pflegten. Besonders hoch in ihrer Gunst stand der ortsansässige Hausmaler Schriever, dessen Werke im Landambulatorium hingen. Kehrte sie von einer Sprechstunde heim, ließ sie sich über die wunderschönen Strandbilder des Mannes aus. Für sie war, wer so originalgetreu die nähere Umgebung festhalten konnte, ohne Widerrede einzigartig. Sie mochte die drei Skizzen von der Strandpromenade. Sie war des Lobes voll über die Aquarelle, auf denen man jeden Halm am Steilufer wie einen alten Bekannten vor Augen geführt bekam.

Ich war für Jahr und Tag ein Stadtkind unter Städtern. Wir wohnten hinter der großen Hecke. Ich schlief auf der Ritze zwischen den neuen Eltern. Bis später die Oma nach längerem Warten ins Haus gegenüber zog und ich ihr Zimmer übernahm. Mir wurde verboten, das Heim je wieder zu betreten.

Die Großmutter, wie es Großmutterart ist, erwachte morgens als erste. Sie heizte den Küchenherd. Sie röstete die Scheiben Brot auf der Herdplatte. Die Herdplatten waren aus eisernen Ringen geformt. Dann klingelte der Mutter Wecker. Sie bereitete Kakao. Der Vater betrat als letzter die Küche. Der Vater gähnte ordinär und wusch sich überm Gußeisenbecken den Unterleib. Er stand während der Prozedur mit dem Rücken zum Küchentisch. Ich sah ihn von hinten und ahnte, was er sich gerade wusch.

Der Fleischer hatte Pleite gemacht. In dem leeren Verkaufsraum boten die Fischer für einen Spottpreis lebende dünne Aale, auch Strippen genannt, zum Verkauf. Ich wurde frühmorgens losgeschickt, soviel, wie der Fischer abgab, zu erwerben. Die Fische kamen in die Schüssel in der Schublade des Ausziehtisches. Die Mutter bestreute sie mit so viel Salz, daß die armen Dinger immer wütender gegen die Unterseite des Küchentisches schlugen, bis der Kakao in der Tasse schwabbte. Jahre danach bildeten das süße Knacken der gerösteten Brotscheiben, der klatschende Waschlappen des Vaters am Gußeisenbecken und das Todesschlagen der Aalschwänze mir im Kopf noch eine schaurige Musik, die mich abhielt, je Strippen in Aspik zu genießen.

Ich bekam abgezähltes Geld in die Hand gedrückt. Mir wurde gesagt, ich solle jeden, auf den ich beim Brötchenholen stieß, grüßen. Ich sollte besonders freundlich zu der Verkäuferin sein. Ich grüßte jedermann. An der Tür bimmelte ein Glöckchen. Die Leute drehten sich nach mir um. Sie redeten leise zueinander. Und schwiegen. Ihre Blicke trieben mir die Röte ins Gesicht. Ich war zur Verkäuferin nett. Sie nahm das Geld. Ich ging, nicht ohne ihr einen guten Tag zu wünschen. Ich hörte oft, was für ein Glückspilz ich sei.

Ich lernte auf dem Riesenrad des Großvaters Radfahren.

Ich verbrachte meine halbe Kindheit auf dem Mobil und war ein richtiger Friedensfahrer im Regenbogentrikot. Durch Hitze und Gewitterblitze spulte ich lange harte Etappen runter. Ich hieß natürlich Täve Schur. Und das Kind Täve das ich war bolzte die Landstraße hoch. Und Täve gewann die Einzelfahretappe. Und Täve fuhr dem Hauptfeld immer wieder davon. Und Täve siegte bei einer Massenankunft auf der nicht ungefährlichen rötlichen Tartanbahn. Ich spurtete aus dem Pulk hinaus und stieß so heftig gegen ein Auto, daß sich Großvaters Fahrradstange verbog. Und den Vorderreifen eine große Acht zierte. Und dann war ich nicht mehr das Kind, das Täve werden wollte, und das Rennen war für mich gelaufen. Das Kind lag lange in Gips. Der Großvater stöhnte. Die Mutter verbot alle Radfahrerei.

Ich mußte, als der Gips endlich ab war, mir einige Zeit vom dicken Rüdiger das Ersatzrad borgen. Eine ziemlich antike

Scheese. Und jedesmal mußte ich ihn bedrängen. Und bekam es mal ja, mal nein von ihm, wie er gerade gelaunt war. Und wenn der dicke Rüdiger mir sein altes Zweitrad gab, dann gab er es mir nur gegen Wert. Was die Sache wirklich wert war, bestimmte er. Ich wurde mit der Zeit viele schöne Dinge beim Rüdiger los. Ich mußte ihm meine Leberwurststulle geben und ihn abschreiben lassen und andere oft unmögliche Sklavendienste leisten. Der Fettsack lieh es mir manchmal grundlos nicht. Ich hatte das Nachsehen, wenn die Feuerwehren wieder ausrückten.

Aber eines Tages sagte die Großmutter: *Wie wat kümt wissn de Himmelsterne,* und ich konnte mir ein Fahrrad zum Geburtstag wünschen. Und ich bekam es auch. Obwohl die Mutter ganz und gar dagegen war. Ich saß den Rest meiner Kindheit wie ein König auf diesem Rad, das ich dreimal täglich putzte, und radelte wie ein Besengter nach der Stoppuhr und wurde auf meiner Trainingsstrecke immer schneller und brachte es auf über dreissig Geldbußen, die ich bis heute nicht eingelöst habe.

Dann hieß es, die Russen räumten in Bälde den Russenplatz. Die Eltern der Nachbarskinder sagten: ›Die Russen ziehen nirgendwohin ab.‹ Das Dorf erhielt ein Kino. Und es hieß, die Badeöfen würden das Doppelte teurer. Alles diskutierte durcheinander, so daß der Bürgermeister sich lauthals vor die Leute stellen mußte, ihnen zu versichern, daß die Preiserhöhung allein für die Industrie gelte. Gleichwohl waren dann die Russen fort. Wir ebneten die aufgetürmten Hügel und schütteten die ausgehobenen Schützengräben zu. Wir spielten auf dem holprigen Acker Fußball. Wir knolzten bis zum Umfallen. Wir gaben uns Namen berühmter Ballartisten. Wenn einer nicht gut, aber mit Kraft den Ball traf, flog der Ball über den Zaun in den kolossalen Garten. Direkt unter jenen Pflaumenbaum, von dem es hieß, dort lägen die Skelette toter Soldaten. Zudem wären dort Gewehre und Parteipapiere verbuddelt worden. Für Zeiten, von denen man wisse, daß sie nie wiederkommen.

Dort wo ich lebte, hatte man außerhalb eine Parzelle. Auf der Parzelle errichtete man eine primitive Hütte. Der Vater hatte zwei Gärten. In jedem Garten baute er als erstes die Hütte. Er war ein großer Laubenarchitekt. Die Ziegel für das Fundament wurden nicht über den Handel besorgt, sondern von einem Abriß geholt. Abgestoßene Balken fanden wir hinter den Bootshäusern der Fischer. Kies wurde aus der stillgelegten Kiesgrube herangekarrt. Zement fand sich unter den Resten anderer Bauherren. Der Vater hatte eine Nase für verwendungsfähige Materialien. War ein ungesicherter Ziegelhaufen ausgemacht, umstanden wir ihn zum Feierabend und beklopften das Gestein. Die Gärtnerei des Dorfes rangierte eine lange Fensterfront aus. Schon nahmen wir den Bollerwagen und holten uns schönes Fensterglas im Rahmen. Stand der Bau, so war noch lange kein Ende der Bautätigkeiten abzusehen. Denn der richtige Laubenbauer hört niemals auf zu bauen, sondern murkst weiter, schafft sich ein kurioses Ensemble aus lauter wie zufällig entstandenen Anbauten. Ein Seitenflügel für die Gartengeräte, für die Regentonne ein Nebengelaß, ein bunt angestrichener Flügel für das Samenregal und für die Vögel ein Heimchen.

Meine Erinnerungen haben Sprünge. Ich sehe mich im Kettenkarussell über die Köpfe der Umstehenden fliegen. Es ist Erntefest. Oder wurde Malchin 750 Jahre alt? Oder war wieder mal Ostseewoche? Ich sehe mich in der Luft. Ohne die Ketten des Karussells, fliege ich mit den Schwänen über die Wasser hin und verlache mit den Schwänen das kleiner werdende Ländchen unterm Steiß. Sich seiner sicher und überzeugt davon, sehr oft heimlich geflogen zu sein, eine Zeitlang Flügel besessen zu haben, hoffte das Kind, das ich nicht bleiben wollte, es würde die Federn nie verlieren, dem Federlaß entkommen.

Ich habe Dorschköpfe vergraben. Und Rituale erfunden, von denen ich meinte, sie vertrieben meine Angst vor den Schrecknissen der Dunkelheit. Ich habe Schwalbenjunge gesucht und Donnerkeile gefunden. Ich habe in erster Wallung der smarten Liebe einen Hühnergott, den ich Monate lang in der Hosentasche trug, der schönen Roswitha geschenkt. Und die Hosentasche mit Absicht zugenäht. Die Mutter sprach von Schwachsinn und trennte sie wieder auf. Die Großmutter, die ahnte, wer da wem ins Fleisch schnitt, wollte verhindern und schaffte es nicht.

Auf die Frage, wo ich wohne, gab ich zur Antwort: Mein Elternhaus stehe unter Bäumen. Vampire hingen an der Dachrinne.

Wir lebten gegenüber dem Bauern Holdenböck und rechts, links neben Fischern und spielten mit ihren schleimigen Holzkisten. Wir fingen uns Fische oder wir traktierten Fische, die die Fischer in unsere Eimer warfen. Die Fischer, die wir kannten, waren Fischer seit Generationen. Sie gingen in stahlblauen Pullis, billige Zigarren im Mund, einer mühsamen Arbeit nach. Sie hatten rotrissige Gesichter. Und Himmelbläue in ihren Pupillen. Sie murrten, wenn einer kam und anwies, sie sollten mehr Fisch aus der See ziehen. Sie drückten dem die Netze in die Hände und sagten: ›Na los Jung, zeig uns, wie man das anstellt.‹

Sie waren keine demonstrativen Ignoranten. Mehr andächtige Verneiner. Sie hörten denen von Oben ausgesprochen lange zu, machten *Hm* und kratzten sich die Bärte, wenn etwas vernünftig klang. Sie nickten, sie hoben die Hand, sie versprachen sich die Sache durch die Schädel zu pressen und sagten sich: *Ob man da nich schon wieder bloß Miese kriegt!*

Die Leute hockten gerne vor der Laube auf einer Bank im Sonnenschein. Gekocht wurde auf dem Spirituskocher. Die Menschen setzten sich bei Kerzenlicht in ihre Lauben, sagte Herbert, und würden dort bis zu ihrem Ende sitzenbleiben. Die Gartenfreunde, welche sich dann und wann doch vom Tische erhoben, zogen allerlei brauchbare Gemüse. Bohnen, Blumenkohl, Kopfsalat. Man verwendete Unmengen Zucker, wenn die Gartenfrüchte eingekocht wurden. Und eingeweckt wurde, was einzukochen ging. Im Keller, wohlgeordnet und exakt beschriftet, türmten sich Gläser mit Birnen, Kirschen, Äpfeln und Stachelbeeren für schlechtere Zeiten. Hungersnöte, sagten die Leute, wie sie das Land gekannt hat, können wiederkommen. Manchmal stand die Saat hervorragend, und trotzdem war die Ernte am Ende lausig wie nie zuvor, erzählten die Alten. Und daß es Zeiten gegeben hat, wo sie den Gäulen Hering verfüttern mußten, wollte man nicht Kadaver vor den Pflug spannen.

In der Küche füllten die Frauen große Steintöpfe mit Sauerkraut, die einem im Wege standen. An die Würste, welche von der Großmutter numeriert neben den ebenfalls mit Datum und Jahreszahl gekennzeichneten Schinkenkeulen hingen, durfte man nicht ran. Über die Griebenschmalzschüsseln durfte man sich nur selten hermachen. Ich lebte in Küchen, in denen man Fisch in allen erdenklichen Varianten säuerte, ihn mit Zwiebelringen versah und ölte oder gut gesalzen in den Rauch hielt. Ich lebte neben Frauen, die gerührt am Küchentisch standen, wenn wir Kinder ihre gelben Puddings ratzbatz wegputzten. Köchinnen, die hochachtungsvolle Reden von der großen Kochkunst der fahrenden Leute schwangen. Wer gefährliche Wasser zu meistern imstande war und sicher den Heimathafen ansteuerte, mache über den Töpfen nichts falsch.

Meine Landsleute strahlten durch ihre Geschichten, die sie selten ausplauderten. Der eigentliche Mecklenburger, von dem man gerne sprach, war verwegen, ein ›kräftiger Menschenschlag, dessen Gewerbe in der Jugend gewöhnlich das kühne Bezwingen des Meeres ist‹, wie Ernst Moritz Arndt es beschrieb. Die für Mecklenburg schon weniger typischen Menschen, die man so im Dorf traf, betrieben Ackerbau und Viehzucht. Sie bestellten ihre Felder oder reparierten Landmaschinen. Felder von Hanf, Flachs, Raps und Hülsenfrüchten. Man gewann Käse, Butter, pökelte das rosige Fleisch, stapelte Holz und häufte Getreide und Kartoffeln zu riesigen Halden. Haudegen waren nicht mehr unter ihnen.

Manche schmiedeten Kettenglieder immerhin so geschickt zusammen, daß sie wie Pfähle standen. Die Gärten waren durch dicke Hecken voneinander gut getrennt. In den Hecken nisteten die Vögel. Vor der kunstvoll geschmiedeten Eisenpforte prankte ein silbern gepinselter Autoreifen, aus welchem schüchterne Blumen lugten. Es gab in jedem Dorfe einen, der Autoreifen sinnvoll in Streifen teilte und diese zu einer Reifenrosette flocht.

Als ich ein Elternkind war, ging es aufwärts, hieß es. Der Aufbau brachte erste sichtbare Früchte und im Dorf nebenan zwei neue Wohnblöcke aus Beton. Die Zeitungsschreiber pochten auf das Recht der neuen Gesellschaftsform, bessere Postkartenmotive zu gestalten. Die Vergangenheit sei beinahe abgeschafft. Die Zukunft begegne einem auf Schritt und Tritt. Zwischen der Liebes- und der Teufelsschlucht wurden kleine Bäume gepflanzt. Für den internationalen Kindertag wurde eine Sammlung organisiert.

Kinder des Staates, wie wir es waren, ernährten sich von Worten wie Massen, Kund und Gebung und wußten, was eine Schlüsselübergabe, eine Wanderfahne, Komplex, Bau, Ställe waren. Es lockten Ehren und Medaillen, und wer zur Woche der Waffenbrüderschaft delegiert wurde, bekam einen Eintrag ins Klassenbuch. Jedes Kind konnte sagen, was ein Mach-mit-Wettbewerb ist, was man beim Manöver ›Schneeflocke‹ zu tun hatte, was die Armee bezwecke, was Intensivierung meint und Neuererwesen heißt. Was dagegen ein Wasserwerfer sei, war uns unbekannt. Wir hatten mit lachenden Genossen zu tun, die frohe Zukunft auf all unseren Wegen voraussagten. Unsere Lehrer reichten die Erfahrungen der Besten mit dem allseitigen Blick für das Wesentliche an uns weiter. Wir gaben uns dankbar, von Optimismus getrieben.

Man pries die simplen Freßstätten als niveauvolle Restaurants. Man gab den häßlichen Kneipen so zwingende Namen wie ›Zum goldenen Frieden‹.

Die Eltern konnten sich nichts Schöneres vorstellen, als einmal im ›Teepott‹ zu Warnemünde zu sitzen. Und staunten über den neuen Sportplatz und die große Sporthalle in der Bezirksstadt, wo junge Menschen für die Spartakiade in Leipzig dressiert wurden, damit sich die Greise des ZK's wie nach einer Frischzellenkur fühlen. Wir waren umstellt von Sonderschichten und Brennstoffkontingenten, von Solibasaren und hervorragenden Volkskunstkollektiven. Wir schrieben Angela Davis. Schrieben Mikis Theodorakis rettende Blumengrußkarten.

Erst wurde vom Dorftrottel gesagt, er sei ein Spion, einer der den Staat zersetzt, und ein paar Jahre später war er lebendes Dienstleistungskombinat, nur weil er Pappen und Gläser und Altpapier zur Sammelstelle trug. Und die ihn lobten, waren dieselben, die ihn am liebsten im Knast gesehen hätten. Die Lehrer sagten, der bucklige Herbert wäre kein Nichtsnutz, sondern handle nach seinen Fähigkeiten. Und würde, nach seiner Leistung, eines Tages von der Gesellschaft belohnt.

Wir zogen mit dem Spaten zum Thälmann-Subbotnik. Wir sammelten Steine und Felsbrocken vom Feld hinterm Dorf, als gälte es, den Rostocker Hafen zu zuschütten.

Bei einem der selbstlosen Einsätze verliebte ich mich in Heidemarie. Sie trug Bubikopf und hatte Grübchen im Gesicht und helle Augen. Sie saß in der Bank neben mir und tat, als sähe sie die Blicke, die ich ihr zuwarf, nicht. Eines Tages aber klagte sie, mein Vater hätte ihr soeben ein Schweinchen-Dick-Heft abgenommen. Comics waren Schund und Schmutz. Die Lehrer konnten jederzeit Taschenkontrolle machen. Wurde etwas gefunden, gab es Aussprachen und allerlei Unannehmlichkeiten. Ich sah die Stunde, ihr meine Zuneigung zu beweisen, und stibitzte das Heft heimlich aus des Vaters Aktentasche, um es ihr zu überreichen. Sie schlug die Augen nieder, und ich war überglücklich. Später hüpfte ich die Treppe empor, ohne das Tribunal am oberen Geländer zu gewahren. Die Großmutter verzog sich in die Küche. Die Mutter jammerte was von Schande. Der Vater drängte mich ins Wohnzimmer, hielt mir das Heft vor die Nase, verlangte keinerlei Erklärung und verabreichte mir eine Woche Arrest. Nach Tagen erfuhr ich, wie die Sache ins Rollen gekommen war. Meine Heidemarie hatte das Heftchen nach Erhalt dem Rüpel Jochen zurückgegeben. Der Dussel hat sich von einem anderen Lehrer erwischen lassen, der den Fund wie üblich auf den großen Tisch im Lehrerzimmer legte. Dort fand mein Vater das am Morgen noch vermißte Schundstück, nunmehr ein Indiz meiner familiären Treulosigkeit. Doch bitterer als die folgenden Maßregelungen war mein erster innerer Schmerz: daß Heidemarie aber auch so falsch sein konnte!

Ich fühlte mit den Alten, die von Teufelswerk redeten und in Richtung feuchte Betongrube spuckten. Denn ich wuchs in Zeiten heran, wo man die Errichtung von Warnblinkanlagen schon als Meilenstein im Kampf gegen das Kapital feierte. Mein schulischer Weg wurde mit Zeilen wie diesen gepflastert: ›Jahrzehntelang auf dem Schienenstrang / wird pausenlos stampfen das rollende Rad / und jahrzehntelang bleibt dann dieser Klang / Bekenntnis der Jugend zu unserem Staat. / Ja, das ist unsere Bahn – von Rostock bis nach Schwaan, / vom heute in das Morgen – ins Leben ohne Sorgen.‹

Dann sagten die Klugscheißer, zu Ostern würde es keine Schokoladenosterhasen geben. Die Frauen erregten sich über den Ersatzkaffee, eine Mischung aus Muckefuck und Billigbohnen. Hinterm Dorf, hieß es, soll schon bald eine Hochstraße gebaut werden. Der künftige Lärm versetzte die Menschen in Schrecken. Doch sprach man von seinen Ängsten nur hinter der Vorhaltehand. Man stritt für und wider mit sichernden Seitenblicken.

Nur der Fischer Just, bei dem die Straße am direktesten entlang verlaufen wäre, fand kräftige Worte. Denn der Just war ein Kerl, so beeindruckend wie der Kirchturm selbst, und fürchtete nichts und niemanden. Der Just nannte das zukunftsweisende Bauvorhaben ein Dilemma fürs gesamte Dorf, eine einzige Schweinerei. Da kamen zwei Männer aus der Kreisstadt zum Just. Die hatten lange Ledermäntel an. Die waren zehn Minuten beim Just. Dann hat der Just die Klappe gehalten. Die Straße wurde gebaut. Und eines Tages von einem hohen Tier aus der Bezirkshauptstadt eingeweiht. Die Straße ging schnurgerade durch Schilf und Wald. Sie machte den Weg zum nächsten Ort vier Kilometer kürzer.

Des Nachts tätowierten Russenpanzerketten den Asphalt.

Der bucklige Marabu Herbert fügte einmal einer heftigen, weil allen zugänglichen, also mitten auf der Straße geführten grundsätzlichen Debatte über den Unsinn von Fließbandmethoden in der Landwirtschaft lakonisch an, die Genossen hätten mit der Reform damals bei den Bauern reichlich an Boden verloren. Denn *wat dem een sin ul is dem annern sin nachtigall,* und wie man ins Gebüsch haue, so zerkratze man sich die Faust. Die Natur wäre so angelegt, daß der Fuchs, wo er nicht hart vertrieben, gar umgeschossen würde, bald wieder einkehrt. Und was so ein Gutsherr gewesen, ein Pfennigfuchser, der gäbe im Grabe nicht sein Kleingeld ab. Der wäre ein Depp, ließe er unversucht, den Silbertaler wieder vom Kopf auf die Beine zu wenden. Des Nachbarn Weib könne man ihm ausspannen. Doch wehe, man stecke seinen Lieblingshahn in den eignen Suppentopf. Mit Raub käme er sich rächen. Mit Viehraub habe aller Schlamassel seinen Anfang genommen, und jeder Schlamassel endet mit Mord und Todschlag. Am Ausgang der tierischen Zeitenschlägerei werde alles, wie es schon immer gewesen war. Blutiges Drunter und Drüber und schieres Chaos auf dem Hof. Für den armen Bauern seien die Zeiten allemal schlecht gewesen, wie intensiv ein Glücksmoment auch goldene Eier abwürfe.

Das Kind das ich war ging oft zum Haff. Zum großen schwarzen Boot. Ein mysteriöses Wrack. Bedeutungsvoll wie eine Turnhalle. Es war nicht zu übersehen, wie flink das Boot verrottete. Nicht zu Wasser gelassene Geisterschiffe zerfallen an Land schnell. Von unserem Spukboot wurde gesagt, ein halsstarriger Mann habe es zu Wismar in Auftrag gegeben. Er wollte nicht nur das größte Boot, die höchste Personenbeförderungszahl, die stärksten Motoren, die je auf dem Haff tuckerten. Er wollte auch unanständig viel Geld verdienen. Übrig blieb ein Geisterspuk mit unzerstörbarer Teerausdünstung, eine hölzerne Grotte, die das Wasser unmerklich zerfraß.

Wir trugen Lederhosen und spielten wilde Piraterie. Wir rissen uns Splitter ein. Wir blieben an rostigen Nägeln hängen. Wir schufteten schwer und fingen den Wal. Wir spielten Krieg. Wir trugen Taucherbrillen und bewarfen uns mit Erde und luden unsere Katschis mit Erbsen, die mächtig auf der Haut zwiebelten. Wir nannten uns Klaus wie der Störtebeker. Wir griffen uns mit Schwertern an. Wir fuhren weit hinaus bis nach Hinteramerika. Wir lagen an heißen Tagen faul auf den heißen Planken. Wir kehrten mit Geschichten beladen heim. Wir schlüpften unter die Decke. Wir lagen gekrümmt und hatten der Nachwelt etwas zu überliefern.

Das Wrack zerfiel stückweise. Die elenden Reste wurden, als es nicht mehr anders ging, zu einem Lagerfeuerhaufen gestapelt. Aus dem am Ersten Mai helle Feuer den Arbeitern, Bauern zu Ehren sichtbar loderten. Wir kriegten Fackeln in die Hand gedrückt, die stanken und tropften. Wir sangen und zogen um den großen Brand. Das war ein Zittern auf der lichten Wasseroberfläche. Ein Zucken, das uns sehr beeindruckte, dem Ende eines Kampftages angemessen.

Das Kind erntete vom Strand Seesterne, Krebse. Es trocknete und lackierte sie, klebte die steifen Tierchen auf bemalte Pappteller, verkaufte sie von Strandkorb zu Strandkorb an durchweg entzückte, puterrote Sonnenurlauber. Ein schönes Zugeld. Wie die Großmutter lobte.

Wenn Erntefest oder Parteigeburtstag war, wurde in Rerik auf den zentralen Platz ein Traktorenhänger bugsiert. Der Anhänger war mit beschriftetem roten Fahnentuch und Blumensträußen, je nach Jahreszeit und gegebenem Anlaß, geschmückt. Auf dem Ackerwagen stand ein verziertes Rednerpult, von einer Losung, einem Emblem wohlüberlegt punktiert. An die Seite war eine gewöhnliche Leiter gestellt, über welche die Kampfgenossen und ihre Gäste entschlossen den Festhänger erklommen. An den staatlichen Freudetagen umstand das Volk den improvisierten Kampfwagen. Es lauschte den von oben frohlockenden Genossen, die sich um das Podium des Bürgermeisters drängten. In Erinnerung ist mir geblieben, daß der Großteil der Frauen derartigen Amüsements fernblieb. Der Bürgermeister sprach ernst, aber nicht laut. Wir Kinder taten, als hörten wir zu. Die Männer hielten sich schadloser. Sie nickten, sagten kurze Formeln wie *Tje* und *So isses.* Oder klatschten an Stellen, die einen unbedarften Beifall verlangten. Sie spendeten ihre Akklamationen eher unterkühlt als großstädtisch. Die Ansprachen waren so kurz, wie gute Witze sein sollten. Die Führung stand auf dem Traktorenhänger. An der Tribüne riß häufiger der Wind am Fahnenstoff, daß Ösen wie Lederknöpfe sprangen. Man sah taktvoll zum Redner und verzog keine Miene, wenn ein Malheur passierte, wenn der Wind dem Redner die Mütze vom Kopfe schlug. Man nahm ungewürzte Pointen hin wie keine Pointen.

Die prachtvollsten Individuen schleppten mancherlei Standarten und rote Fahnen mit. Die Frauen, bei den Männern untergehakt, froren. Man konnte erkennen, wie sie in jeder Hinsicht an den Feiertagsbraten im Küchenherd dachten. Die Genossen Bauern trugen das Abzeichen der Partei am Kragen. Der Schwimmeister, der Dorfbulle, die Männer von der Fischfabrik, die Fußballer und Konsorten vertraten sich die Beine. Sie wollten endlich in die Eckkneipe. Daß die Kneipe nach dem feierlichen Ende der Veranstaltung sofort rammelvoll war, erwähne ich nebenher. Die Fahnen standen dann eingerollt neben dem Kneiptisch.

Der Traktorist, der den Hänger am Morgen auf den Platz gezockelt hatte, bestieg die Tribüne, reichte das Katheder vom Traktorhänger einem Kollegen herunter. Der trug es über den kleinen Platz, von dem sich das Volk längst wie Spatzen in unzweideutige Richtung verstreut hatte. Dann fuhr der Traktorist die entthronte Tribüne auf sein Gehöft, wo sie der Hofhund bebellte.

Die Frauen fanden an solchen Tagen vor ihren Haustüren zusammen und standen Stunden auf ein kleines Wort vor dem Schmaus. Die Männer auf ein langes und vor allem garantiertes Prosit in der Kneipe wissend. Wir Kinder hatten den Tisch zu decken.

Ich erinnere mich an Oma Piesches Aufregung. Als die erste künstliche Mainelke aufkam, weigerte sie sich zum Ersten Mai, sie an ihre Latzhose zu heften. Blumen in die Politik reinzuzerren! ›Gebe ich‹, schimpfte sie, ›meinen Schweinen Sand zum Fraß, liefere ich Schweine aus Pappe?‹ Und dann kam sie mit dem Hühnerschreck. In Holzpantinen und Stallmontur fuhr sie bis ans Rednerpult. Die Lenkstange voll mit künstlichen Nelken umwickelt, glich ihr fahrbarer Untersatz einem Traualtar in einer italienischen Touristen-Grotte. Sie ließ den Motor laufen und schrie zum Bürgermeister, der die Rede unterbrach: ›Schau Bürgermeister. Mein Mobil und eure falschen Nelken – das paßt sich gut zusammen. Für Frieden und Freundschaft!‹ Ballte die Faust und fuhr knatternd ab.

In der Kneipe kam bis Mitternacht keiner aus dem Lachen heraus.

Hinterm Kurhaus gab es eine schmale Treppe, Katzenstieg geheißen, weil da die potenteren Männer des Ortes lungerten, um einen Kurschatten aufzureißen. Auf dem Berg an der Steilküste, da, wo früher eine Aussichtsplattform stand, hatte der Grenzschutz einen Bunker gestellt. Über den Strand ging helles Scheinwerferlicht. Nächtliches Baden galt schon als versäumte Republikflucht.

Ich schätzte kleine Tüfteleien. Meine Freunde fühlten sich mehr den körperlichen Leibesübungen verpflichtet. Sie waren von kräftiger Statur und außergewöhnlich gute Läufer. Wer kein guter Läufer ist, kann gedanklich sein Ausland in allen Gegenden suchen.

Man lief an der Fischereiproduktionsgenossenschaft Fünfter Parteitag vorbei bis zum Leuchtturm. Man schwitzte und keuchte und schaute aufs Meer. Man sah die Gischt und freute sich auf die kommenden Mannesjahre. Versprach sich viel vom blanken Dasein in großer Gemeinschaft. Hinter sich die grüne Saat, die schon ein wenig im Winde rauschte, weil das Brot und das Fleisch nicht im Lande einfach wuchsen, sondern in schwerer Arbeit von den Bauern produziert wurden.

Im Klassenzimmer und sonstwo in Schulgebäuden oder auf geschmückten Straßen prangten Bilder mit Köpfen großer Despoten. Schwachkolorierte Gestalten zwischen treuem Ernst und dünkelhafter Zier. In Tintenblau lärmten grobe Formeln künftiger Vorhaben. Von den Transparenten tönte es ›Wir‹ und ›Werden‹ sowie in naive Verse gebrachte höchste Parolen. Fahnen des neuen Jahrtausends. Zukunft, wohin man blickte. Die hohen Stimmen der Mädchen im Chor der Jungen Pioniere föhnten die Marschblöcke.

Der Russe war unser Freund und der Ami ein Feind. Auf beide war Verlaß. Die Bürger sollten zum Jahrestag ihre Schuppen auf Vordermann bringen oder sie würden abgerissen. Aus der Koppel des Bauern Möller wurde der Stadtpark. Im neuen Stadtpark wurde ein kleiner Brunnen gemauert. Auf dem Brunnenrand prunkte ein kleiner Frosch. Aus dem Maul des Frosches sprudelte ein kleiner Wasserstrahl. Nach ein paar Tagen war der Brunnenfrosch zerstört.

Der Lehrer sagte, die Widersacher stünden uns nur noch absehbar im Wege. Man bekam eine Jahreszahl zum Beleg genannt und dachte nicht weiter darüber nach und nickte. Man fragte sich nicht, wie die Überrundung des einsamen Radlers durch sich selbst vonstattengehen sollte.

Der Vater stand vor dem Trabant in Pose.

Auf dem Schrank im Wohnzimmer strotzten zwei kerzenlose Keramikkerzenständer. In den Bücherregalen standen populärwissenschaftliche Bände zur allgemeinen Gesundheit. Daneben versuchten ein paar auserlesene Kochbücher und die Gesamtausgabe von Brehms Tierleben die Besucher zu beeindrucken. In der Ecke, anfangs noch von einer unscheinbaren Wolldecke eingehüllt, fristete der Fernseher sein Dasein. Bekanntlich war zu jener Zeit ein Fernseher kein selbstverständliches Möbelstück wie eine Fußbank.

Die Mutter ging mit einem rumänischen Henkelkörbchen, das ihr der Vater von seiner ersten Ferienfahrt mitgebracht hatte, einkaufen. Die Frauen trugen Kittel und Blumenkleider. Die Jungen und Mädchen sprangen von der Seebrücke. Machten Köpper oder Bombe. Die Alten sahen es mit Schrecken und redeten von Querschnittslähmungen. Der Zahnarzt sprang jeden Abend in die See, schwamm bis zur Boje, die er unters Wasser zu drücken versuchte, bevor er den Strand entlanglief. Bis in den November betrieb der drahtige Mann seinen Gesundheitskult. Der Vater kriegte von seinen Kollegen zum Geburtstag einen Präsentkorb mit Konfekt, Salami und Sekt. Die Mutter führte vor, wie man ein Konfekt erst auf den Teller legt, bevor man es sich munden lassen darf.

Die Lehrer, wenn wir sie nach der Zukunft aushorchen wollten, kamen nicht in Verlegenheit, sondern sprachen von der ideologischen Kraft, die unser sei und allem widerstünde. Wir notierten es in unsere Notizbücher.

Wir saßen in unseren Bänken und kauten wie Rinder vermitteltes Wissen nach. Wie die Möwen, die den Fisch im Ganzen schlucken, würgten wir altväterliche Erkenntnisse. Wenn man etwas von sich gab, das nach feindlicher Unterwanderung schmeckte, hatte man kritisch Stellung zu beziehen. In unsere Hefte schrieben wir den Satz: ›Ich mache mit, wenn es um ein besseres Leben in unserem Dorf geht.‹

Die Augen sahen große Schiffe am Horizont vorbeiziehen. Der Bregen versetzte uns in andere Kontinente. Wir lebten in Zwischenbereichen. Auf der einen Seite stand das Hier und die Schweinemast. Auf der anderen Seite war Amerika und Seidenunterwäsche. Und hinter der Ostsee lag Schweden im Schein der Sonne.

Heute erinnere ich mich weniger der sozialistischen Aufmärsche, der dröhnenden Feiertage, der weihevollen Wanderungen zu den Mahnmalen des vergangenen Krieges, der Bastelnachmittage im Kampfrock des Friedens oder der Sonderstunden mit Dichtern und Veteranen, Wegbereitern, die uns zu unserer Zukunft beglückwünschten.

Immer wieder mal wurde der Verkauf von Wurst und Schaschlik reduziert. Oder es war von Montag bis Donnerstag ganz verboten, Fleisch über den Ladentisch zu schieben. Und der Urlauber erhielt 120 Gramm Fleisch am Wochenende auf seinen Teller. Oder die Milch wurde rationiert, nur an Mütter mit Kleinkindern und Kranke abgegeben Der Bevölkerungsrest wurde mit Magermilch befriedigt. Und es durfte keine Eiscreme hergestellt werden. Schlagsahne wurde aus Pflanzenfett gemixt und streng nach Kundenliste angeboten. In der Kneipe erhielt man höchstens zwei Fleischgerichte. Der Kneipier bot Eier in allen Varianten. Und Schnittkäse wurde nur an die Einheimischen veräußert. In manchen Sommern konnten keine Rettungsschwimmer gestellt werden. Und die muskulösen Abiturienten waren im Ernteeinsatz. Die Zukunft war datiert auf das Jahr 2000. Unsere Mägen wären geschrumpft. In den Apotheken würde es Tabletten für die wöchentliche Ernährung geben. Aus Seetang zauberte man ein Schlückchen Rotkohl mit Entenbrust. Eine Pille Erdbeeren und Schlagsahne als Nachtisch. Die Arbeit wäre ein lustiger Zeitvertreib, eine Art Kurzurlaub. Es käme eine Glitzerepoche, in welcher man Element sein würde einer aller Probleme entledigten frohen Menschengemeinde. Die den Krebs gebannt, das Atom sich nutzbar gemacht und Afrikas Wüsten zu Getreidefeldern gewandelt hatte. Man entzückte sich an den Prophezeiungen. Und ständig wurde die Brückenbeleuchtung kaputtgeschmissen und wieder hergerichtet, bis man es ganz ließ, sie in Ordnung zu bringen. Am Haff wurden fünf farbenfrohe Bänke aufgestellt, die mit der Zeit verschwanden.

Denke ich an die Ära zurück, in der ich Kind war, kratzt der Samen von Heckenrosen, den wir Juckpulver nannten, in meinen Handflächen. Samen, den wir den Mädchen zwischen Wolle und Haut stecken. Ich höre die Pappeln rauschen und nicht die krachende Stimme des Politlehrers. Ich höre die Großmutter von Marco Polo lesen und sehe sie die Glocke von Schiller rezitieren, ein langes Gedicht, das sie auswendig aufzuführen wußte. Die Texte unserer Siegeshymnen behielt ich nicht.

Ich raufte mich nicht gerne. Ich bin vor harmlosen Kühen oft weggerannt. Die Tölen der Bauern, besonders den gemeinen Spitz, konnte ich überhaupt nicht leiden. Denn die Tölen der Bauern, allen voran der Spitz des Bauern Glöde, haben mir ins Bein gebissen.

Ich sehe die Störche auf Telegrafenmasten Nester bauen. Sehe flinke Eissegler zwischen den Ästen der Schulbäume halsbrecherische Kurven ziehen. Meine Gedanken schlichen im Schilf umher. Dort, wo sich die Wasservögel mit ihrer Brut versteckten. Wenn Staatsbürgerkunde war, träumte ich von nackten Mädchen jauchzend beim Bade.

Nicht ohne Grund sahen sich die Dörfer meiner Kindheit so gleich. Selbst wenn in ihrer Mitte nicht die Kirche an einem Löschteich stand. In allen Teichen standen Seerosen. Unter den Weidenzweigen naakten grünbraune Enten. Und zwischen den Wasserblumen sprangen Frösche. Die Dörfer waren von sanft hügligen Landschaften umstellt. Dunkelblaugrün stand der Wald hinter den Hügeln.

In den Dörfern meiner Kindheit lümmelte an warmen Tagen der Wirt an der Tür. Seine weiße Weste ruckte im Wind. Mähdrescher zogen am Gasthaus vorbei. Selbstgebastelte krachende Fuhrwerke staubten den Himmel ein. Hinter den Traktoren, die die Erde brachen, lauerten Möwen in Scharen. Die Leute konnten neuerdings mit einem Paddelboot übers Haff gleiten. Der Rat ließ zehn weitere Strandkörbe aufstellen. Man kaufte ein schönes Motorboot mit Außenmotor, um Rettungsschwimmer anzulocken. Die vorhandenen Pralinen durften erst in der dritten Dekade ausgeliefert werden. Die Einrichtung einer Fernsehreparatur wurde in Erwägung gezogen. Die Bauern wehrten sich gegen die Anschuldigung der Nichterfüllung des Planes, wofür sie eine Vertragsstrafe aufgebrummt bekamen, weil sie der Meinung waren, der Plan sei kein Vertrag, also in dem Sinne nur ein Vorhaben ohne strafrechtliche Folgen für sie.

Mit vier jungen Bauern allerdings mußten gewissenhaft Aussprachen geführt werden. Sie hatten eine Karte aus dem Gebirge irgendwie über Hamburg an ihre Heimat-LPG gesandt. Das konnte auf keinen Fall mehr als Jungenstreich gesehen werden, zürnte der Vorsitzende. Er habe den Eindruck, daß durch diese Tat bewußt Unruhe in die Genossenschaft gebracht werden sollte. Man muß ihnen aufzeigen, daß es einem Bauern heutzutage noch nie so gut gegangen wäre, wie es ihm in unserem Staat ginge, schlug eine verdiente Bäuerin vor. So ein Streich könne böse internationale Verquickungen nach sich ziehen, meinte eine Melkerin. Auswirkungen von nie gekanntem Ausmaß. Schließlich müsse man so schnell wie möglich den Kapitalismus ökonomisch überholen. Gerade weil es an Fahrradreifen, Glühbirnen, Kaffeemaschinen und Rheumawäsche noch mangele.

Eines Tages sah ich den Greifswalder Dom. Da wollte ich Architekt werden. Die Wismarer Altstadt, die mehr und mehr zerfiel, wiederaufbauen. Greifswald mochte ich, weil dort der Caspar David, von dem mein Zeichenlehrer in Hochachtung sprach, so tätig war. Den Caspar lobte mein Zeichenlehrer, der kein Mecklenburger, sondern Berliner war, als genial, weil der Caspar mit seinen Ruinen zu Eldena das schlafende Mecklenburg weltweit bekannt gemacht hatte. Berühmter jedenfalls als Bismarck mit seiner neuen Verfassung. Der Caspar durfte in den Huldigungen der demokratischen Prachtprospekte nicht fehlen. Solide, prächtig aufgemachte Bände, aus denen es zu jener Zeit wundersam tönte: ›Versonnen, hier und dort auch neckend und scherzend, spazieren die Werktätigen aus allen Teilen der Deutschen Demokratischen Republik über die gepflegte Promenade. Blumenbeete, in ihren Farben sorgfältig abgestimmt, säumen die grünen Rasenflächen, von künstlerisch angelegten Steingärten reizvoll unterbrochen. Weiße Bänke, deren Plätze oft nicht besser hätten gewählt werden können, laden zur Ruhe und Besinnung ein. Ein paar Schüler plaudern vom Bade heim.

Das verglühende Licht des scheidenden Tages spielt mit blauen Schatten über die weißen Bauten des Badeortes und läßt sie märchenhaft schön erscheinen. Würden die Häuser noch von schlanken Pappeln umgeben sein, wäre es schwer, sich nicht in einer südlichen Landschaft zu wähnen.

Zur Ordnung gerufen, kehren die Gedanken gehorsam zurück, denn wir sind im Norden Deutschlands, und die in Rot, Violett und Gelb spielende Ostsee ist nicht das Mittelmeer.‹

Die Fremden, die ich sah, lagen oft leblos wie Leichen am Strand. Sie hatten ihre Seltersflaschen ins seichte Wasser gegraben und klatschten in die Hände, wenn sich die kleinen Strandläufer, die ich ins Herz geschlossen hatte, näherten. Ich glaubte, sie mochten die kleinen flinken Vögel, welche auf zerbrechlichen Beinen am Ufer langfegten, nicht.

Der Junge der ich war, wollte wie all die anderen Jungen Mecklenburgs sein Leben an der Küste bleiben. Und Matrose werden. Und dann nach Rio schiffen. Und dort mit verführerischen Frauen tanzen.

Wir Kinder kamen am unpolitischen Strand zusammen, wenn der Wind nicht mehr so heftig wehte, wenn ein Boot angespült wurde. Wenn im Schaum kleine seltsame Dinge wippten, sammelten wir Hühnergötter, Seetang, bunte Gläser.

Wir schliefen in Betten, die aus den Planken gesunkener Schiffe getischlert waren.

Wir waren leichtgläubige Menschen. An stürmischen Tagen traten wir vor unsere Türen. Den Kopf zur Erde gesenkt, sangen wir den Elementen Mut.

Unsere Leiber waren wetterseitig. Bemoost. Wenn wir Heiliges malten, malten wir einen Dorsch. Wir schworen, unsere Frauen unter Wasser zu heiraten. Wer nicht aufpaßte, handle sich eine Gebirgsfrau ein, hieß es, würde unglücklich werden.

Man darf, um Mecklenburg zu lieben, nicht nur an der Steilküste sitzen und aufs unendliche Meer sehen, hat mein Zeichenlehrer gesagt. Man solle das unendliche Meer in den Augen der Menschen suchen. Der Rest ergäbe sich von ganz allein.

Einmal mietete sich übers Wochenende eine Berliner Familie ins Kurhaus ein. Sie wartete den Montag ab, um mit einem motorbetriebenen Schlauchboot, wenn die Frühaufsteher zur Arbeit gingen, gen Westen abzurauschen. Allerdings hatten sie wenig Sorgfalt bei der Pflege und Motorwartung walten lassen. Denn hinter der Dreimeilenzone würgte der Außenborder ab, und die Berliner trieben ganz gegen ihren heftig rudernden Willen ans

Land zurück. Pitschnaß tapsten die Wasserratten ausgerechnet ins Kurhaus zurück, sich aufzuwärmen. Denn es war Ende März oder April, jedenfalls das Wasser kein Warmbad. Der Pförtner war nicht auf den Kopf gefallen. Meldete die unterkühlt wirkenden seltsamen Naßgäste der entsprechenden Behörde, die ihn ob der Umsichtigkeit mit einem Präsentkorb und einer kleinen Geldzuwendung belobigte. Unser Land hatte einen Helden mehr. Der Bürgermeister nutzte die Gelegenheit, Klarheit in den Köpfen über die wichtigsten politischen Fragen zu schaffen. Und manch einer lästerte gehässig über die Großmäuler aus der Hauptstadt.

Nur wenige, die uns besuchten, waren echte Mecklenburger. Meine Ziehmutter mochte deren Aussprache nicht. Sie kam bisweilen, weil sie unterwegs platt angesprochen wurde, höchst verärgert vom Einkauf. Sie regte sich laufend über die Mecklenburger auf. Die schätzte sie äußerst gering, weil sie ihr partout nicht in der Lage schienen, ein vernünftiges Deutsch auszustoßen. Ich erwähne, daß meine Mutter sich etwas auf ihr feines Hochdeutsch, welches sie von höchster Töchterschule aus Oberschlesien mitbrachte, einbildete. Auch fand sie die Menschen Mecklenburgs zu plump und von einer ausgeprägten Primitivität und vor allem ohne Geschmack gekleidet. Immer wieder konnte sie sich darüber ereifern, daß die Fischerbengels mit ihren beinlangen Stiefeln in jeden Laden polterten und Kautabak kauten. Sie fand keinen rechten Gefallen an den breitgedrückten Häusern. Die widerlichen Schilfdächer der für ihren Geschmack armseligen Katzenkaten wühlten in ihrem Gemüt. Allein der Umstand, daß unter so einem Schilfdach allerlei Getier und Fledermäuse sich regelrecht festnisteten, bereitete ihr Schauder wie Stromschläge. Daß die Tölpel ihre mehrfachen Hinweise wie: ›Es gibt nichts Besseres als Ziegeln auf dem Dach‹ stur ignorierten und weiterhin Häuser mit Schilf versahen, nahm sie als Beleg dafür, daß beim Mecklenburger in der Birne recht wenig vorhanden sei. Und manchmal, wenn sie ganz versonnen die alten Fotoalben durchsah, hauchte sie leise Befürchtung, daß die bessere Gesellschaftsform die bessere Gesellschaft wohl definitiv abgeschafft habe.

Einen Mecklenburger hätte die Frau nicht geschenkt zum Ehemann genommen. Einen, der Kautabak malmt und sie dann noch küssen will.

Die Mecklenburger gingen krawattenlos ins Lokal und ließen sich beim Essen gehen und wirbelten mit dem Besteck so fürchterlich laut und schmatzten beim Puddingessen. Es war eine Qual, ihnen zusehen zu müssen, wie sie vergeblich versuchten, die fremdländischen Spaghetti zu zähmen. Sie sangen nicht: ›Trink ich den Wein, der schlecht, ist mir der Name Hans ganz recht. Trink ich einen mit Genuß, nenne ich mich Antonius‹. Sie kippten die harten Schnäpse. Sie stießen mit Biergläsern an. Und hoben ihre Gläser nicht in Kinnhöhe. Sie schauten sich beim Prosit nicht in die Augen. Sie tranken ein Gesöff mit Worcestersoße und Eigelb und Zitronensaft mit Weinbrand und Öl gemixt. Sie ließen, wenn sie Sekt tranken, die Korken fliegen. Sie klingelten ungeduldig an ihren Gläsern oder riefen gleich durch die Kneipe nach dem Chef vom Ganzen. Sie schnitzten sich aus Streichhölzern Zahnstocher, daß einem übel wurde. Sie saßen nicht leger nach vorne gebeugt zu Tische. Ihre Handgelenke waren sonstwo zu befürchten, nur nicht auf dem Tischtuch. Ihre Mahlzeiten hielten sie ohne die von meiner Mutter oft zitierte räumliche Gesamtatmosphäre ab. Wo sie speisten, fand keine gemütliche Zusammenkunft der Gaumenfreunde statt. Es war ihnen nicht gegeben, über ein schönes Buch zu sprechen oder einer Platte Gehör zu schenken. Sie veranstalteten keine Cocktailstunde, hielten nichts von Offenen Abenden. Und Fünfuhrtee. Auch schienen sie nichts von Behaglichkeit und schönerem Wohnen zu halten. Die Flure waren beladene Gerümpelkammern und hinterließen alles andere als einen angenehmen Eindruck. Die Mecklenburgerinnen gingen mit Lockenwicklern im Haar einkaufen. In den Badestuben waren keine besonderen Haken für Gästehandtücher vorgesehen. Ihre Fenster blinkten nur selten im Sonnenlicht. Ihre Verköstigungen wirkten wie primitive Abfütterungen. Sie übergaben einem die Blumen verpackt. Sie entfernten das Preisschild nicht vom Geschenk. Sie überreichten ihre Mitbringsel wie nebenher. Ohne freundliche Worte.

Es hieß: Der Mecklenburger geht verkehrtrum die Treppe hoch, damit er sehen könne, was ihm aus der Tasche fällt.

Der Mann meiner Mutter war Gott sei Dank kein Mecklenburger. So wie sein Kollege Walter, der das dörfliche Heimatmuseum gegründet hat, kein Mecklenburger war. Wie der Bürgermeister, der oft vorbeikam und ausdrückte, er besäße vorbehaltlos mecklenburgische Eigenart, und fürchterlich sächsisch sprach. Wie der nette Schulrat nicht von hier kam. Und auch sein korrekt gekleideter Vertreter.

All diese Nicht-Ureinwohner konnten bei meiner Mutter landen. Sie waren ihr, weil sie Weltlichkeit verspritzten, mehr als nur ein angenehmer Besuch. Die Kinder von ihnen waren proper betucht und hatten eine feine Art zu artikulieren, daß es der Ziehmutter jedesmal ganz warm ums Herz wurde.

An den Kindern der formlosen Mecklenburger sollte ich mir nicht entfernt ein Vorbild nehmen. So ein Einfluß stelle einen ins Abseits. Man könne sich mit dieser vulgären Sprache nirgends um einen Studienplatz bewerben. Wenn der Fleischer im Laden stünde, mache sie jedesmal einen großen Bogen, denn den Kerl würde man überhaupt nicht verstehen. So unter Niveau, daß sie eine Gänsehaut vom bloßen Gedanken daran bekäme. Zudem seien die Männer der Region ausnahmslos schlecht rasiert.

Wenn sie sich nicht unmittelbar empörte, verwunderte sie immer wieder neu der Tatbestand, daß die Männer von ihren Frauen nicht ordentlich die Leviten gelesen bekämen. Da sie darauf keine Antwort wußte, blieben ihr nur dutzendfache Seufzer. Die Frau des Fleischer, sagte sie im Anschluß jedesmal, habe in der Fleischerei nicht knapp zu tun. Den Tag sehe man sie schuften. Und schuften müsse sie auch in den hinteren Hallen, wohin sie verschwinde, wenn im Laden keiner sei. Und man wisse, Fleisch sei schwer. Aber zu all der Last einen solch primitiven Mann zu ertragen, sei, wie einen Storch vor einem Frosch die Straße hoch. Und dann brach die Mutter den Vergleich ab und schwieg den Rest des Tages.

Einmal sagte sie, das Drogistenehepaar an der Straßenecke spreche auch ein sehr tadelloses Hochdeutsch. Sie unterwies mich gerne in die Chancenlosigkeit aller Schlechtsprecher und riet, ich solle das Drogistenehepaar ruhig öfter aufsuchen. Eine Kleinigkeit wie Kernseife, die man immer im Haushalt gebrauchen könne, oder einen Kamm erwerben, nur um den Leuten auf den Mund zu schauen, zuzuhören und mich wie sie daran zu erfreuen. Sie ermahnte mich, an meinem Charakter rastlos zu formen. Und zu bedenken, wieviel dichtbeschriebenes Papier große Schriftsteller in den Papierkorb geworfen haben mögen, ehe sie eine gelungene Seite aus ihren Händen gaben. Wie oft dem hervorragenden Dreher und Aktivisten Zabel, von dem man so Erstaunliches erfuhr, wohl sein Stahl zerfetzt sei, ehe er ein neues Wirtschaftswunder auf den Gabentisch der Republik legen konnte.

ICH ERINNERE MICH an die Aufregung, wenn es Samstagabend wurde. Denn dann war wieder Hansgeorg-Zeit. Und meine Eltern saßen zappelig wie die halbe DDR vor dem Fernseher, denn jeder wollte sehen, wen Hansgeorg diesmal glücklich machte. Und Hansgeorg sprach ein fabelhaftes Deutsch in die lachenden Kameras. Und Hansgeorg hielt das Mikro so galant in der Hand. Ja, Hansgeorg wäre sicher eine genehme Partie. Eine Erscheinung. Und Hansgeorg sprach atemlos und laut und so deutlich. Und das Orchester spielte zünftig auf und Hubschrauber kreisten überm Freudenpalast. Die Mutter löffelte die Worte des adretten Hansgeorg. Und blickte zu mir. Und richtete den Zeigefinger steil zur Zimmerdecke oder klatschte die Hand auf den Oberschenkel und machte: ›Nein dieser Mannaberauch‹. Und betonte, das, was Hansi gerade formuliert habe, sei mehr als bloß einwandfrei ausgesprochen worden.

Die Familie ließ sich von der Spannung fesseln. Mutter wie Vater verkrallten sich in die Lehnen ihrer Sessel. Denn schon stand Hansgeorg vor einer fremden Tür in einem fernen kleinen Kaff der Republik. Hinter der Tür, vor der Hansgeorg so harmlos stand, lebe eine verdiente Volksschulköchin, flüsterte er zu seinem Millionenpublikum, die wie keine zweite Köchin koche. Eine Frau, stellvertretend für viele Köchinnen im Lande, die an großen Kesseln und auf rutschigen Kacheln ihre Pflicht verrichten und nie im Rampenlicht stünden. Eine Köchin also von so vielen beispielhaften Köchinnen an den Schulen und in den Kantinen großer Kombinate, die es zu ehren gälte. Ein Volksmuttchen, das nicht die leiseste Ahnung hatte, was mit Hansgeorg jetzt auf sie durch die Tür zukäme. Und hinter Hansgeorg stand die fröhliche Gemeinde. Lauter eingeweihte Menschen, die der Köchin gegenüber einfältig taten, als wüßten sie von nichts. Und arglos meinten, es müßten nicht immer Leute vom Fernsehen sein, die durch die Küche mit Kameras liefen. Mitbürger, die mitspielten und dicht hielten. Hansgeorg führte den Schwiegersohn der Köchin vor. Lobte den Helfer, der unmittelbar vor Beginn der Sendung vor Ort am Strom manipuliert hatte, so daß die Frau den Hans vor ihrer Tür nicht voraussehen konnte.

Und die Mutter stöhnte und der Vater bat nervös um Ruhe. Und die bekochten Kinder sangen das Lied vom großen Suppentopf. Derweil Hansgeorg bei der Frau Sturm klingelte. Die Zuschauer, den Ohnmächten nahe, sprangen auf, weil Hansgeorg so reine Freude brachte. Der Bürgermeister stand stolz neben Hansgeorg. Und der Hubschrauber-Wind zauste in beider Haaren. Und jeder merkte, daß die Aktivistin hinter der Tür jetzt dran war.

Dann erstrahlten die Scheinwerfer und die Hubschrauber landeten mit Getös im Garten der Köchin. Und siehe da. Die Köchin lugte zögerlich. Hielt sich die Hand schützend vor die Augen. Wollte, weil sie fürwahr schon bettfertig war, die Tür wieder zudrücken. Aber Hansgeorg stellte für die Nation sein Bein dazwischen. Der Oma wurde von den freundlichen Gehilfen des Meisters die unbestreitbar lobenswerte Kochschürze umgebunden. Schon sah sie sich in einen der Hubschrauber verfrachtet. Hansgeorg saß neben ihr. Er fragte meuchlings, ob sie wisse, wohin es ginge. Die Zuschauer bissen sich auf ihre Lippen. Die Köchin zu Seiten Hansgeorgs im Hubschrauber sorgte sich, wer für die Kinder des kleinen Ortes am nächsten Morgen koche. Aber Hans beruhigte sie und bedeutete, dafür sei bereits gesorgt. Und proklamierte, morgen richte für ihre Kinder der Fernsehkoch den Kartoffelbrei an. Und der Kameramann hielt in das fast gar nicht zufriedene Gesicht. Dann tanzte das Fernsehballett. Und ein bekannter Sänger röhrte. Und wurde ausgeblendet. Die Zuschauer im Berliner Friedrichstadtpalast applaudierten sich die Hände wund, als die Köchin mit Hansgeorg im Hubschrauber auf der Bühne im Friedrichstadtpalast landete. Meine Eltern erhoben sich von ihren Plätzen. Sie sangen die erste Strophe der Nationalhymne. Denn schon langten Walter und Lottchen im tobenden Saal an. Vom Beifall auf die Bühne geschoben. Dann schüttelte die Regierung der Köchin die aus allen Wolken fallende Hand. Hansgeorg klinkte sich beschwingt ein und schenkte der Kandidatin ein von ihm verfaßtes Buch. Lottchen reichte der gerührten Köchin einen goldenen Kochlöffel. Das Muttertier der ländlichen Küche zeigte Mühe, sich die Tränen abzuwischen. Denn das Orchester spielte ihre Lieblingsmelodie. Zwei Adjutanten wedelten der leicht mitgenommenen Köchin frische Luft zu. Denn das Ganze war noch nicht zuende. Schon klopfte Hansgeorg wie nebenbei nach einem alten Freund an, den die Köchin nicht mehr in Erinnerung hatte. Aber Hansgeorg gab nicht auf. Denn er wußte, was er wollte. Er bestückte die Geehrte mit neuerlichen Reminiszenzen. Was sie völlig verwirrte.

Und dann gab es einen Aufschrei. Der Vorhang flog empor. Ihr alter Kamerad, den die Köchin über 35 Kalenderjahre nicht gesehen hatte, sprang drahtig auf die Küchenchefin zu. Der Mann aus Wladiwostock hob sie in die Lüfte. Und ließ sie nicht mehr los. Bis die Tränen nur so aus den Augen spritzten. Und Hansgeorg vollführte einen Bühnensprung. Und Lottchen ballte die Faust und ein Kinderchor sang: ›Mit dem Herzen dabei.‹ Und die Damen vom Fernsehballett schlugen Purzelbäume. Die Mutter, außer sich vor Freude, hätte jetzt den Vater am liebsten auf die Arme genommen und gewindelt.

Walter und Lottchen warfen Hansgeorg zwei Rettungsringe zu. Die dieser mehr als geschickt auffing. Einer wurde dem Küchenwunder übergestülpt. Den anderen erhielt der Mann aus dem fernen Osten übergezogen. Die Zwei hatten zusammen nun ein Schiff zu besteigen, das direkt zu Fidel Castro fuhr. Der schon mal von einem Bildschirm ganz ungeduldig grüßte. Man sah den Beteiligten an, daß niemand mehr wußte, wo ihm der Kopf stand.

In der Schule, am Tag danach, sprach alles wild durcheinander. Und wer nicht mitreden konnte, dessen Eltern hatten West geguckt. Denn es war die Zeit, wo die Lehrer Kindern Fangfragen stellten. Zum Beispiel ob die Uhr im Fernsehen gestrichelt oder gepünktelt sei.

Mit dem Vater ging es Samstag und Sonntag zur selben Minute über Stock und Stein. Über Koppeln und Maulwurfshügel hin. Nach Roggow, nach Teschow, durch Meschendorf. In die entferntesten Umgebungen, in welche Richtung die Füße den Vater trugen.

Der Vater war ein sportbegeisterter Mann. Sport, sagte er einmal, schlüge Brücken zwischen den Völkern. Die körperliche

Ertüchtigung, wie es die Mutter nannte, mache das Leben froher und reicher. Wie der Mann ausschritt, wie er mich forderte, Schritt zu halten, daß es mir Blasen unter den Sohlen trieb, war meiner Mutter ein Dorn im Auge. Sie hatte eine eigene Theorie zum Thema. Ihr waren die nicht zu kleinen, höflich gesetzten Schritte, die dem Körper die Möglichkeit gaben, vornehm Haltung zu wahren, lieber. Sie beschwor einen Gang, bei dem die Arme ruhig und leicht angewinkelt bleiben konnten und nicht wild am Leib hin und her baumelten.

Wie entschlossen der Mann beim Ausschreiten schwieg. War mal ein Vogel zu vernehmen, blieb er nicht stehen, mir den Gesang zu erläutern oder gar selbst den Sänger anzuschauen, sondern schritt weiter aus. Vorbei an der Vogelschar.

Das miteilende Kind, zu dem mich der Wandersmann gemacht hatte, fragte anfangs keuchend nach, wollte bewandert sein. Wollte vom Vater wissen, welcher Vogel da am Zwitschern war. Doch der Vater schritt wortlos über die Frage hinweg. Ein Glücksfall, wenn er nach unendlichen Minuten zur Antwort gab, jener Vogel sei ein Tier namens Zeisig gewesen.

Die Mutter gestand, während sie meine Waden massierte, sie sei früher gerne mit dem Vater durch Busch und Tann geschritten. Aber nachmalig sei ihr die Puste weggeblieben. Heillos genervt habe sie, daß der Kerl nicht habe stillstehen wollen. Wenn sie im Busch verschwand, um ein Geschäft zu erledigen, sei er so ungehalten geworden. Und eines Tages, von seiner Ungeduld getrieben, ohne zu warten, einfach verschwunden. Nicht gewußt habe sie in der Fremde, wohin sie gehen sollte. Nie unterrichtet habe sie der Mann, nicht im geringsten, wo ungefähr er sich unaufhaltsam bewege. Da wäre sie herumgeirrt, Stunden im Wald, in Angst vor der Dämmerung und wilden Tieren. Halbtot zu Hause angelangt. All ihre Vorwürfe glitten ab wie Regentropfen an seinen auf Hochglanz gewienerten Wanderschuhen. Darauf zog er für Jahre allein seine Bahnen.

Im Flur übte ich mit der Mutter das korrekte Ausgehen. Ich überprüfte mit ihr die Zweckmäßigkeit und den allgemeinen Zustand meiner Kleidung. Daß alles saß, was zu sitzen hatte. Denn mit dem Öffnen der Haustür war ich ein öffentliches Wesen, und wer wollte schon ein Ärgernis den Leuten auf der Straße sein, einer, der sich gehen ließ und nicht eigentlich ging. Ich lief im Flur mit einem freundlichen Gesicht auf den Spiegel zu, die Mutter als meinen persönlichen Ehrengast zur Seite. Ich ging mit einem Koffer der Mutter entgegen, ohne ihr im Wege zu sein. Wir übten, wie zwei Herren eine Dame einrahmen. Wie sich eine Dame von Welt einhakt, wie man einer älteren Frau mit sicherer Hand übers Glatteis hilft. Ich wußte, daß man auf der Straße nicht ißt und nicht stehen bleibt mitten im Menschengewimmel, um zu plauschen. Daß man züchtig zur Seite geht, wollte man die Wurst essen.

Ich lebte in einer Straße, die nach einem Vogel benannt worden war. Neben einem Haus, aus dem mehr als einmal die volle Bratpfanne zum Fenster herausflog. Wo man den Nachbarn keifen hörte: ›Keinen Fisch am Freitag. Fisch ißt man am Donnerstag. Donnerstag ist Fisch fällig. Freitags hängt mir der dämliche Fisch zum Hals raus. Renate.‹

Ich lebte in einer Zeit, wo man zum Hähnchen plötzlich Broiler sagte. Und Anorak statt Parker. Wo der Nuckel Rachenvorhofsauger hieß und die Alten nur mit dem Kopf schüttelten und fragten, wer *son Kram sich ut den Finger sögt.*

Die Feuerwehr erhielt eine Prämie für ihre gute vorbeugende Arbeit auf dem Gebiet des Brandschutzes und machte im Krug ein ordentliches Löschfest, von dem das Dorf lange sprach, denn die Männer waren von der Zecherei so geschwächt, daß sie, als die Sirenen gingen, übereinander fielen. Und erstmals in der Geschichte unserer Feuerwehr trotz bester Absichten und echter Bemühungen nicht zum Brandherd ausrücken konnten.

Der Rat hielt lange Sitzungen ab. In den Gaststätten des Ortes wurden kartoffelfreie Tage eingeführt. Es hieß, es gebe vorübergehend leichte Versorgungslücken. Und bot Nudeln und Reis als Ersatz. Und dann wurde die Butter knapp. Aber die Leute griffen nicht nach der ihnen vorgesetzten Margarine. Dann war das Fleisch knapp. Und der Anteil von Hartwurst, so wurde verfügt, durfte zehn Prozent nicht übersteigen. Und dann gab es keine Damenoberbekleidung. Die Frauen kauften sich Männerhemden, denen sie die Kragen abtrennten und die Manschetten. Deren Ärmel sie mit Gummi versahen, um daraus eine Bluse zu schneidern, der man ihren Vorgänger nicht mehr ansah. Das Mehl vom Typ 405 war beliebter als das Mehl vom Typ 630. Und die Alten kramten schlechtgelaunt in den leeren Joppentaschen, wenn es keine Zigarren für unter fünfzig Pfennig gab. Dann hieß es, es wären keine Schuhe im Lande. Für die Mädchen gäbe es keine Backfischkleider mehr. Und der Alkohol ginge aus. Man würde es erleben, zu Weihnachten könne man nicht einmal billigen Apfelwein für die Bowle erstehen. Dabei *is de Appel riep wie noch nie* dies Jahr gewesen. So reif, daß es dauernd in der Zeitung stand.

Größeren Eindruck hinterließen in meiner Kindheit ein motorbetriebenes Fahrrad namens Mofa und die landesweite Ankündigung eines neuen Mähdreschertyps. Der reiche Bauer Rosenkranz hatte sich ein solches Mofa zugelegt. Und das Dorf konnte sich nicht genügend über das Bild, das der dicke Mann mit Schiebermütze und klobigen Militärstiefeln auf dem eher fragilen blauweißen Untersatz abgab, ausschütteln. Das Gefährt gab nach seiner Art unverwechselbare Laute von sich. So daß der Bauer lange, bevor er am Ende der dörflichen Piste auftauchte, zu hören war. Die Leute blieben anfangs diskret in kleineren Grüppchen am Straßenrand stehen, um sich später im lauteren Spalier wie zur Ankunft eines gesellschaftlichen Phänomens zusammenzufinden und dem Wagehals aufrechten Beifall zu spenden, drehte er ein paar Zusatzrunden vor dem Konsum oder sprang er mit einer unnachahmlichen Eleganz zum Ausklang der Show von seinem Kraftfahrzeug.

Der Wundermäher E 701 arbeitete sich im Sinne seiner mutigen Konstrukteure, in allen Facetten abgebildet, vom Zentralorgan bis zur Kindergartenbroschüre durch den bunten Blätterwald des kleinen Landes. Keine ernstzunehmende Zeitung, schon gar nicht die zwei Fernsehsender, konnten sich dem technischen Liebreiz der Nutzmaschine entziehen. Die Bauern redeten in nie gehörtem Ausmaß wild durcheinander. Es wurde von den Fürsprechern in keiner Erläuterung verabsäumt, auf eine wesentliche Neuerung gegen jeden dümmlichen Widerstand hinzuweisen: die zur Außenwelt hin völlig isolierte Fahrerkabine, in welcher der Bauer, die Bäuerin vom Staub und drastischen Wettern verschont blieb, wurde zum Sinnbild für Geborgenheit innerhalb einer besseren Gesellschaft. Es war ein Gedränge um die Konstruktion, als ein Exemplar auf dem betonierten Innenhof der Maschinenstation stand, verunsichert wie auf einer Probebühne. Die Bauern rückten an. Sie umschlichen den Neuankömmling. Manch einer legte sich flach auf den Boden, um etwas Wichtiges näher in Augenschein zu nehmen. Einer haute seinen Hacken gegen die Reifen, winkte ab und verließ die Runde, ohne die Kippe aus dem Mund zu nehmen. Nacheinander ließ der LPG-Chef die Ungläubigen den neuen Erntehelfer auch von innen begutachten. Ich weiß noch, daß es Bauern gab, die trotz mehrfacher Ladung sich partout weigerten, das Monstrum zu erklimmen. Was nicht etwa verlacht oder gar geschmäht, sondern fair hingenommen wurde. Denn die romantischen Hardliner schworen auf die bewährte alte Technik, auf das, was sie kannten und sie nie im Stich gelassen hatte.

Ich lebte unter Leuten mit festen Gewohnheiten. Geregelten und pünktlichen Mahlzeiten. Die Zeit war ein Rückenschwimmer. Eine Brause ohne Sprudel. Die Leute verbargen ihren Leib unter dem Mantel der Mittelmäßigkeit. Ihre Gesichter kannten Verblüffungen nicht. Die Wangen gerötet, offerierten die Augen Gewöhnung an Banalität. Das Wetter schien wie von außen gelenkt.

Ich wuchs auf, wo nicht selten mal der Holzschuh zum lümmelnden Kind übern Eßtisch flog. Wo es Ohrfeigen setzte. Wo die Hausfrau gut war, wenn sie wie die Mutter des Angebeteten kochte, das Essen mit dem Gong auftischte und die Nachspeise rechtzeitig angesetzt und gut ausgekühlt nachreichte.

Meine Mutter war ein Gegner von Unpünktlichkeiten. Sie rechnete mir einmal in der Woche vor, wieviel Schaden dem Staate entstünde, wenn die Schüler auf dem Schulweg trödelten oder die Arbeiter in der kleinen Metallfabrik jeden Tag nur eine Minute zu spät zur Arbeit kämen. Aus der Küche wurde nach der Schule ein Hörsaal. Meine Mutter brachte mir bei, wie man sich am Strand, speziell in einem Strandkorb zu verhalten hatte. Daß man den Körper nicht überschwenglich mit Sonnenschutzöl bestreicht, um die Sitzflächen einzufetten. Sie brachte mir bei, daß man den Strandkorbnachbarn bei seinem Eintreffen höflich grüße. Daß man ihn bei einer günstigen Gelegenheit aufsuche, ein paar Worte wechsle und sich nicht schweigend absondere. Daß man sich als junger Mensch nicht daneben benehme, zum Beispiel dem Strandgenossen zusätzlich Steine in den Weg lege. Sondern sich so aufführe, daß dieser Vertrauen zu einem fasse. Daß man ein Fernglas nutze, um ausschließlich die großen Schiffe am Horizont näher heranzuholen. Nichts sei verwerflicher, als die leichtbekleideten Mädchen und deren Bemühungen, sich umzukleiden, zu beobachten. Überhaupt hämmerte sie mir ein, wer die Natur verehre, würde sie nicht mit Unschönem verschandeln. Korpulente Frauen, donnerte sie bei ihren Vorlesungen, sollten sich niemals schreiend in unmöglichste Farben werfen und Strukturen wie Musterungen vorführen, die ihre Körperlichkeit weiter aufbliesen. Sie wetterte gegen die Unsitte dieser Dickmamsells, sich wie alle am Freikörperkult zu beteiligen. Nacktheit, beharrte sie, verlange den wohlgebauten, temperierten Leib, kurzum, was nicht tadellose Figur ist, habe sich schleunigst zu hüllen oder gänzlich aus dem Strandbild zu nehmen.

Sie gab mir wichtige Tips fürs spätere Leben. Mir wuchs noch kein Bart und ich wußte bereits, für welche Deckenbeleuchtung oder Eßecke sich ein vernünftiger, formbewußter Mann entscheidet. Welche Bilder man in welcher Höhe über welchem Möbelstück anbringt. Die Einrichtung des Flures, die mir meine Mutter warm ans Herz legte, weil er die Visitenkarte der Wohnung sei, solle schlicht sein, mit einem Spiegel zur Seite der Garderobe, die nicht klotzig sein dürfe. Nichts ziehe die Leute magischer in die Wohnung als ein ansprechender Teppich, eine beschwingte Frühlingstapete.

In den Familien, zu denen ich samstags im Auftrage meines Vaters unterwegs war, um Kulturbundbeiträge zu kassieren und Marken zu verteilen, sangen die Tapeten weniger lebensfroh und nicht die Spur so heiter, wie es meiner Mutter vorschwebte. Die üppigen Frauen mußten sich sputen. Ich trat in die gemütlichen Wohnungen, wenn man bei Kuchen und Bohnenkaffee saß. Ich lernte verschiedenste mecklenburgische Leckereien kennen, die es zu Hause nicht gab. Der Kulturbundkassierer, der ich ehrenamtlich war, erfuhr, daß es bei den Mecklenburgern magenfreundlicher zuging als bei uns, wo es dauernd Obsttorte ohne Zuckerguß gab, weil die Eltern keinen Zuckerguß vertrugen. Ich begann der Mutter fette Soßen zu hassen. Wie ihre glitschigen Sonntagsklöße.

Wenn Regen ging, war ich am Fenster. Ein Buch in der Hand, blickte ich, schöne Sätze sinnend, nach hinten hinaus. Da war das Gras grüner als auf der großen Koppel der LPG, wo aufmüpfige Färsen von Zeit zu Zeit durchbrannten. Ein Ereignis von Erhabenheit und Größe. Waren die Kühe los, setzte die wilde Herde das halbe Dorf in Bewegung. Es wurden die Wege mit Traktoren versperrt. Denn es galt, die Tiere in eine bestimmte Richtung zu locken. Es war eine Wissenschaft für sich, die wildgewordenen Ausreißer wieder einzufangen, um sie auf die genossenschaftliche Koppel zurückzutreiben.

Meine Mutter wollte aus mir einen Chirurgen zu machen. An meiner Tür sollte ein glänzendes Schild mit einem Titel funkeln. Mein Vater versuchte mir die höhere Mathematik als Lebensziel zu zimmern. Sie ließ nicht ab, mich weiter auszubilden. Daß man einem Gesprächspartner nicht ins Wort falle. Daß man hinter den Mädchen nicht pfeift und jodelt, wie es die Amerikaner auf ihren Schulhöfen täten. Daß man Blumen, mit einem Kärtchen versehen, ohne Packpapier überreicht. Und im Theater, wohin wir nie gingen, weil es keinen Nachtbus ins Dorf zurück gab, nicht mit der Bonbontüte raschelt. Und nicht frenetisch klatscht, sondern in normaler Lautstärke einen angemessenen Beifall zollt. Denn der Beifall sei das Brot des Schauspielers. Und nicht mehr als eine Quittung für seine mehr oder weniger gelungene Vorstellung.

Unter der Maßgabe meiner Zieheltern, die nicht Mecklenburger waren, wurde ich ein recht angenehmer Bursche. Meine Mutter wollte mich zart wie grünes junges Seegras lenkbar halten. Mit viel Lob für jede gute Zensur versehen, entsprach ich gern ihren übertriebenen Forderungen, was eine gute Schrift und feine Aussprache anbelangte. Die Mutter erzog mich nach den schneidenden Richtlinien des Buches ›Gutes Benehmen von

A bis Z‹. Ein perfides Werk, in dem menschliche Verhaltensweisen erbarmungslos in schwarz und weiß eingeteilt wurden. Es unterrichtete, wie man die Füße beim Stehen und Gehen zu setzen hatte. Es machte bekannt, wie ein junger Herr einer Dame die Hand küßt und was der Anstand an Verrenkungen sonst verlangt. Darüber hinaus schrieb es vor, wieviel Schritte das Kind den Eltern voraus zu flanieren habe, damit ein jeder im Dorfe sich an dem Ensemble erfreuen könne. Mit Bildern versehen und gewagten Karikaturen, unter welchen: ›So ist es richtig – So ist es falsch‹ stand, flößte es mir mehr Ekel als Respekt ein.

Es kam eine Zeit, in welcher das Kind, das ich nicht werden wollte, sich ausmalte, wie das Kind, welches die Mutter sich zur Seite wünschte, aussehen sollte. Ich gaukelte der Mutter vor, ich würde ihren Ambitionen entsprechen. So wurde aus mir ein Maskenkind, das sich von der Mutter wie von einer Insel stetig entfernte. Weil es ein Buch gab, das meine Mutter streng beriet, begann ich alle Bücher zu verabscheuen. Ich schlich auf den Boden und knickte die Seiten der Bücher. Ich schmierte sie mit häßlichen Tinten ein. Ich versah sie mit Butter- und Milchflecken und fügte ihnen verabscheuenswürdige Wunden zu.

Nichtsdestotrotz hatte ich weiter die widerlichsten Belehrungen des Buches nicht nur anzunehmen, sondern in den meisten Fällen auch auswendig zu lernen. Häufig genügte es der Mutter nicht, daß ich die Regeln annäherungsweise hersagen konnte. Was geschrieben in der Anstandsfibel stand, sollte mir Zeile für Zeile in Fleisch und Blut übergehen. Ein Ansinnen, das meinen Vater, wurde es von der Mutter ausformuliert, jedesmal innerlich erregte, ohne daß er sich imstande sah, gegen die Machenschaften seiner Angetrauten einzuschreiten. Bei einer der täglichen Lesungen aus dem Juwel gähnte ich einmal so heftig, daß mich die Mutter hinauswarf.

Ich konnte herumstreifen. Im Gebüsch den Karnickeln auflauern. Mit den Schmetterlingen über die Kuhkoppel flattern. Das gute Benehmen von A bis Z eine Zeitlang vergessen. Mich unter Käfern und Fliegen aufführen. Mit dem Nebel ziehen.

In jener Zeit schrieb ich meine ersten, vor allem wohl klagenden Gedichte.

Ich lernte, mich in einer Restauration gebührlich ganz nach den Regeln der Gastfreundschaft aufzuführen. Ich stand im Wohnzimmer und suchte einen Tisch, an dem keine Dame allein saß, so daß diese mein Platznehmen nicht als Annäherungsversuch umzudeuten brauchte. Ich nahm mit einem Verbeuger am Wohnzimmertisch Platz und ließ die Mutter, die den Part des Kellners spielte, mit der Speisekarte kommen. Ich bestellte in gedämpftem Ton das Menü. Denn ich hatte gelernt, daß der Besuch einer Gaststätte kein Freibrief für verbales Randalieren sei. Ich ließ mir, was ich auf der Karte nicht kannte, von der Mutter erklären. Ich wartete artig ab. Es kamen weitere Gäste in den Raum und ersuchten, sich zu mir an den Tisch zu setzen. Ich verwickelte die Gäste, meinen Vater, meine Großmutter, nicht sofort in ein Gespräch. Wenn ich den Mund öffnete, lobte ich die wohltuende Einrichtung des Gastraumes. Ich sprach nichts, was nicht für die öffentlichen Ohren bestimmt wäre.

Die Eltern verstanden Feste so auszurichten, daß sie nicht ins Gewicht fielen. Sie verstanden die Feierakte so geräuschlos abzuhalten, daß es mir nie gelang, mir klarzumachen, daß es im vollen Gange war. Oder zu Ende war, wenn ich meinte, es müsse demnächst beginnen. Wir saßen, weil Fasching nicht zur bloßen Maskerade geraten sollte, mit unseren Pappnasen zu Tische, und die Mutter legte eine Stimmungsplatte auf. Es gab für mich an der Bar, die der Teewagen war, Kinderbowle mit geschälten Apfelstücken und aufgekochten Rosinen. Der Vater hatte ein Hütchen auf dem Kopf, das ihm nicht so recht paßte, und trank zweidrei Bierchen. Die Mutter sang der Stimmung entsprechend die jeweiligen Schlager mit, nippte an einem Likörchen und meinte, der Trunk ginge ihr in die Beine und sie müsse jetzt unbedingt tanzen. Aber der Vater weigerte sich, und so mußte ich mit der Mutter auf dem Teppich ein paar manierliche Runden drehen. Denn der wohlerzogene Herr verwechselt eine Tanzrunde nicht mit akrobatischen Verrenkungen. Und schon packte sie die günstige Gelegenheit beim karnevalistischen Schopfe und träufelte mir ein, wie der Herr einer Dame in der Absicht, sie zu betanzen, entgegentritt.

KEIN SOMMER war gut oder schlecht. Kein Winter brachte das, was er hätte bringen müssen. Das Futter hatte immer eine üble Qualität. Das Vieh sah unterernährt aus. Die Sau im Stall könnte fetter sein. Die Kühe schienen was gegen die Zeiten zu haben. Aus den prallen Eutern flösse immer weniger Milch. Und die Hühner kränkelten. Und früher waren die Eier größer. Und die Kartoffeln schmeckten noch nach Kartoffeln. Das Getreide stand nicht so wie erwartet. Der Regen ließ länger als gewohnt auf sich warten. Daß die Saat vertrocknete. Oder es regnete zu heftig, zu lange, so daß die Kirschen platzten.

Fragte man einen, wie die Dinge um ihn herum so stünden, hob er sein Wehleidsliedchen an. Kein richtiges Jammern, kein schieres sich Beklagen, sondern mehr ein negatives Philosophieren über die Grundelemente des Lebens, das Wetter, die Ernte, die Qualität des Futters.

Die drückenden gesellschaftlichen Zustände im Allgemeinen, die Bestimmer an der Macht, die vielen rotzigen Urlauber, der wenige Schnee in einem Winter und das zu knappe Geld im Beutel wurden mit kurzen Sätzen beschrieben. Kürzel, die nicht direkt anklagten, sondern Formulierungen benutzten, die, wären sie zum Ende hin nicht mit einem wehen ›aber‹ beschwert gewesen, eigentlich hoffnungsvoll klangen. Man betonte, die Regierung mache wohl schon, was sie durchaus imstande sei zu tun. Das eben sei die wirkliche Zwangslage. Unser Dorf läge hier. Und die Regierung wäre weit weg. Vom lieben Vieh verstünde der Bonze nichts und bis ins Detail kenne er das pure Leben nur aus den Büchern. So ein Regierungschef sei kein privater Mensch. Niemand könne seine Augen überall haben. Hinter den Rücken der Führer schlichen Schatten in den Gängen der Institutionen. Man wisse doch, wie es in den Ämtern bekanntlich aller Macht zuginge.

Richtig arm war, woher ich komme, niemand. Um das Geld eines anderen rankten mancherlei Gerüchte. Vom Fleischer hieß es, daß er in Geldstücken wie im Blute der Schweine bade. Vom Fährmann hieß es, er mache einen Reibach mit den Sommergästen. Die Großmutter mischte sich gerne ein ins Gerede um die

Finanzen der Mitbürger. Sie hob die Brauen, machte große Augen, um zu sagen, Mecklenburg sei ein riesiger Geldstrumpf. Schlau wie Möpse seien sie in Mecklenburg. Gerissen wie sonstwo keiner. Nicht die leiseste Spur ihres Reichtums ließen sie nach außen sickern. Der Vermögende ginge in Lumpen und lebe ärmlicher als sein weniger begüterter Nachbar. Der kränklich durchs Dorf wanke, sei der gesündeste Mann im Dorfe. Vom vielen Stöhnen wären sie im Rücken krumm. Die heimlichen Truhen, redete die Großmutter, seien voller überseeischen Schmucks. Denn mancher von den Brüdern, flüsterte sie, wäre in alter Zeit in der Ferne spielerisch zu Reichtum gelangt. Geld sei unter den Leuten, meinte der bucklige Herbert hintersinnig dazu. Und dort bliebe es verborgen, daß niemand sagen könne, wieviel einer eingeheimst. Denn mit rechten Dingen sei nie wer zu Wohlstand gekommen.

Ich erinnere mich an die festlichen Ostseewochen. Mit bunten Wimpeln. Und Bockwurstständen. Und Fotoausstellungen. Und Turnieren und feisten Delegierten mit Plaketten am Revers, die in den Kurhäusern logierten. Auf den geschmückten Straßen und auf allen freien Plätzen wurden Vorführungen der GST abgehalten. Die Jugend sollte für die Armee gewonnen werden. Auf dem Dorf fanden sportliche Wettkämpfe mit Schießstand und Losbude statt. Wichtige Kongresse wurden in den größeren Städten abgehalten. In der Hauptstadt sah man volle Schaufenster und viele Bonzen unter den Bummlern auf dem Boulevard. Einmal wurde um die Wette mit Flossen geschwommen. Nie zuvor hatte das Dorf etwas von Langstreckentauchen und Kunstspringen gehört. Die Sonderaktionen der Sektionen Tierproduktion und Messen der jungen Erfinder und die Ausstellungen der Hunde- und Katzenzüchter waren sehr beliebt. Die Werftler strebten in der Festwoche Extrastapelläufe an. Es gab Studentensymposien und Betriebsfestspiele. In den Kleinstädten wurden Traditionskabinette eingeweiht. Auf dem Lande wurden feierlich Kaufhallen künftigen Kunden gewidmet. Beim Sängertreff der Jugendorganisation wurde mitgesungen. Und in Kühlungsborn trat ein berühmter Tenor auf. Der sang sich tief in die Herzen der Mecklenburgerinnen. Und die Pioniere trällerten die

Heimat lobende und die Genossen ehrende Hymnen. Die Jugendclubs veranstalteten Diskotheken. Die Plakate riefen zur Solidarität mit den Völkern in der Welt. Großer Beliebtheit erfreuten sich Aktionen zur Völkerverständigung. Die Ostseewoche sollte dem Ansehen des Staates behilflich sein. Die Ostsee wurde zu einem Meer des Friedens propagiert. Und wichtige Genossen waren bei den großen Manifestationen zugegen. Zu ihren Gästen gehörten sogar Generalkonsule der UdSSR und Präsidenten völkerverbindender Komitees. Auf dem Rostocker Platz zum Beispiel fand das Fest der Lebensfreude statt. Dort sangen die polnischen Lerchen. In Bad Doberan tanzte einmal ein finnisches Ensemble. Und im Rosengarten wurde Jazz gespielt. Die Menschen drängten über den Buchbasar, um aufmunternde Worte und Namenszüge zu erhaschen. Eine Woche lang Märsche und Reden. Und Gesprächsrunden unter Beteiligung von Besuchern aus den Anliegerstaaten. Im Theater wurden Stücke von Westautoren vorgeführt. Chöre zogen von Bühne zu Bühne.

Im Nachbardorf sollte ein Mädchen aus Dänemark auf Besuch kommen. Es wurde, weil Ostseewoche abgehalten wurde, vom Bürgermeister an der Bushaltestelle mit Blumen begrüßt und zum Ehrengast des Gemeinderates erklärt. Die Empfangsabordnung führte das dreizehnjährige Mädchen, das kein Wort Deutsch und auch so nicht recht verstand, was um es herum passierte, durchs gesamte Dorf. Sie wurde umschirmt wie man es vom Fernsehen her kannte. Die Maid durfte das Feuerwerkspiel zünden und Sieger ehren. Und vor dem abschließenden gemütlichen Beisammensein in Bierzelten wurde ihr vom Reriker Männerchor ein plattdeutsches Seemannsliedchen gesungen. Über ihre glücklichen Tage veröffentlichte die Regionalzeitung doppelseitige Berichte.

Die Leute sahen die Bilder in der Zeitung. Sie überlasen die Parolen und maulten, besser werde das Angebot in den Läden davon auch nicht. Die Großmutter rechnete vor, was das alles kosten müsse, und legte dar, was man mit dem lieben Geld alles besser hätte im Ort bewerkstelligen sollen. Der bucklige Herbert sagte, die letzte Sau dürfe nicht vor dem Eber geschlachtet werden. Die Männer in der Gartenkneipe meinten, die Hauptstädter sollen ruhig so weiter wirtschaften, um beizeiten sehen zu können, wie alles mit ihrer Angeberei zuschanden ginge. Denn Fahrradschläuche waren von Ostseewoche zu Ostseewoche Mangelware.

Vom Mai eingeleitet, kam die Zeit des großen Geldes. Eine knappe Periode des Reibachs, die bis in die mittleren Septembertage reichte. Bereitwillig boten sich die Sommergäste zur Schröpfung feil. Jede Saison löste geschäftiges Treiben unter meinen Mitmenschen aus. Der Sommer werde den reifsten unter den Dorfschönen manch ungewolltes Gör schenken, unkte die Großmutter, wenn die vollgestopften Busse kamen und die Einwohner wie Tierbeschauer vor ihren Hütten standen. Ein Gartengerät zur Tarnung in der Hand, betrachteten sie die Ankömmlinge durchdringend. Die Sommergäste wurden Koffersachsen gerufen. Blaubraune Scharen blähten die kleine Gemeinde zum Zehnfachen der sonstigen Bewohnerschaft. Die Erholungssuchenden brachten allerlei neumodischen Schnickschnack mit. Dinge, die man nur von westlicher Werbung her kannte. In den Straßen wallte erdrückendes Leben. Die sonnenhungrigen und hochmotivierten Erholungsmassen überfüllten die Kneipen, kauften die Kaufmannsläden leer und machten die Bürgersteige eng. Die Fremden trugen einen unverständlichen, offensichtlich fremdartigen Dialekt unters mürrische Volk. Immer wieder zur selben Zeit gestreßte Kellnerinnen benahmen sich gegenüber den Durchreisenden patzig und gerieten viel zu schnell außer Puste. Und manchmal verliebte sich einer in eine, die in festen eifersüchtigen Klauen war. Dann gab es Stunk. Und setzte Hiebe.

Es galt, jeden Fleck günstig zu vermieten. Es wurden Fälle bekannt, da ward selbst die Hundehütte belegt. Der Bootsvermieter stellte sein Haus bis unter das Dach mit Betten voll und zog mit der Familie in die ausgebaute Garage.

Für die Sommergäste sahen die Mecklenburger alle gleich aus. Sie nannten die Männer Käpt'n oder Kuddel oder einfach Hein. Nur Oma Piesche, die ein großes Mundwerk hatte und auch an Feiertagen knietief im Schweinemist stand, war für sie ein uriges

Original. Sie bot sich oft zum Fotografieren an. Sie wurde ein Sommermaskottchen. Die Leute drehten sich um und winkten ihr zu, wo sie auf ihrem knatternden Moped um die Schlaglöcher jonglierte.

Oma Piesche ging mit den Touristen an den Strand. Sie konnte aus dem Auf und Ab der Wellen den Fremden die Zukunft weissagen. Sie nötigte die Klienten, Schaum in die Hände zu nehmen. Sie behauptete, das schäumende Meer schlichte jeden weiteren Streit und der Wind vertreibe alle Skrupel.

Meine Eltern gingen, wenn Saison war, sonntags zur Uferpromenade. Die Fremden. Die Badelustigen. Die Sonnenölverschmierten. Die anderen Menschen der weiten Republik begaffen. Man freute sich an dem Treiben der Kinder. Man bestaunte die enormen Burgen aus Kleckersand, von Familienvätern errichtet. Man beschnupperte das Dorf. Man suchte nach dem Geruch von Räucheraal, der allabendlich frisch aus der Tonne zum illegalen Verkauf kam.

Mit dem in der Tonne gebräunten Aal ließ sich allerhand regeln. Mutter und Vater machten per Nase den ungefähren Standort der Räuchertonne aus. Sie nickten sich ernst zu, verließ eine Gestalt mit in Zeitungspapier gewickeltem Fisch die Veranda des Schwarzhändlers. Sie hörten die Münzen im Beutel der Fischer klacken. Die Fischer gaben vor, kaum einen Aal zu fangen. Sie erklärten, daß der Aal sich verzogen habe müsse. Sie vertrösteten die Süchtigen von Woche zu Woche, bis den Armen der Speichel den Kopf verwirrte und sie mit utopischen Preisgeboten der Gier ein Ende zu setzen suchten. Die Fischer stöhnten und taten stets, als würden sie den letzten Fisch abgeben. Sie nahmen die Scheine und bedankten sich ächzend und sprachen von Last und Mühe, die mit Geld nicht aufzuwiegen sei. Vom Ostgeld könne man sich sowieso kaum was Rechtes leisten.

Mit den Fremden im Dorf verfuhr man allgemein geduldig. Niemand war ungehalten oder knatschig. Man nahm die Schlangen beim Fleischer hin und lächelte. Man bediente jeden Kunden, solange die Vorräte langten. Wer Westgeld hatte, konnte manchen Engpaß nach Schließzeit hinterm Kaufmannsladen lösen. Und es kamen, bevor ich das Dorf verließ, immer häufiger Menschen, die ungeniert mit der bunten Knete wirtschafteten. Die Verkäuferinnen zwangen ihre Emotionen nieder. Die Einheimischen schluckten den Groll in sich hinein.

Die Großmutter konnte sich am Treiben im Dorf nicht sattsehen. Sie hatte einen Ausblick bis zum Wartehäuschen der Bushaltestelle, wo sich zur Nachtzeit unter den Jugendlichen allerhand tat. Sie stand am Fenster und schaute unbeirrt auf einen Punkt. Sie ließ sich nicht anmerken, wie gewissenhaft sie alle Verrichtungen des Badevolkes beäugte.

Der Vater war gegen die Fremden, die in den Läden alles begrapschten. Auch störte ihn, daß dem Völkchen reinweg gar nichts heilig war. Er meinte bemerkt zu haben, wie die Seebesucher die Einheimischen arrogant geringschätzten. Der Pastor beklagte, daß die Badegäste beim Gottesdienst in der Kirche Eis leckten. Die Kinder polterten zwischen den Reihen, während die Orgel zart aufspielte.

Der Dorfpolizist Arthur, ein fransiger charakterloser Schnauzbart sein Markenzeichen, hatte Pickel wie ausgestreute Knöpfe im Gesicht. Er trieb sich in allen erdenklichen Nischen herum und durchsuchte den Zeltplatz nach Gesetzwidrigkeit. Er stoppte jedes Mobil, das ihm verdächtig war, und verteilte Strafmandate wie Freikarten. Sein sommerbedingter Betätigungsdrang kannte keine moralischen Grenzen. Er bedachte selbst einen Dreikäsehoch mit drei Rädern unterm Hintern mit Strafmandaten. Was im Dorfe laut verlacht wurde. Er patroullierte mit skurrilen Rangabzeichen an der Uniform und beklagte, daß den Fremden der Respekt abginge. Die Jugendlichen küßten sich am lichten Tage und schnitzten mit ihren Messern Herzen in die Balken der verwitterten Seebrücke.

An die Küste, die ich eine Kindheit lang bewohnte, wurden zu allen Zeiten Menschen zur Kur geschickt. Arbeiter aus der Kohle. Verdienstvolle Frauen, deren Haut, von der Chemie angegriffen, einem beim bloßen Anblick schrecklich in den Augen juckte. Kranke Kinder aus der Hexenküche sozialistischer Produktion, mit unsichtbaren Schädigungen. In ihren Koffern dunkle Trainingsanzüge und schwarze Badeschuhe aus Gummi zum Wassertreten.

Die örtlichen Berichterstatter standen am Busbahnhof, filmten Duschkabinen und erstatteten Bericht von erholten, frohen Menschen. Aktivisten vergangener erster Stunde, Überlebende großer Parteischlachten und Planverfolgte sowie beim Aufbau Verschlissene. Ausgepowerte Meister ihres Standes blinzelten wie Heimkehrer in die Kameras. Vertrauten den Reportern brüderlich an, wie gutgelaunt und gestärkt sie an die Werkbank zurückzukehren gedachten.

Man wollte den Berichten in der Zeitung schon glauben, daß die Arbeiter fürwahr voller Verbundenheit nichts unversucht lassen wollten, dem so freigiebigen Staate durch neuerliche Bestarbeit und Normunterbietung ihre geballte Dankbarkeit zu bezeugen. Allein das Kind das ich war, sah Vorzeigearbeiter, die Arme gewinkelt, im Kreise hinter anderen Bestarbeitern laufen. Sah die abgehärmten Gestalten vom Moorbadehaus zum Volleyballplatz hin im Gleichschritt marschieren. Ich sah in ihre Augen. In den Gesichtern stand geschrieben, wie gerade noch rechtzeitig sie mit einem Kurplatz versehen worden waren. Ich besah mir Geschöpfe, die ihr Leben nur Dunkel und Kohlenstaub geschmeckt. Sah ihre muskellosen Waden. Fühlte ihre Rippen unter der dünnen Haut. Sah die dumpfen Augäpfel in großen grauen Höhlen. Das gelbe Büschelhaar, von dem ich in den alten Büchern des Vaters gelesen hatte. Ich sah die schlechten Zähne aus allen Teilen der Republik. Manch einer genas sichtlich an der mit frischem Jod durchsetzten jugendlichen Luft, wie sie mir täglich um die Ohren wehte. Aber manche von denen, die sich streng an die Vorschriften hielten, verzeichneten keinerlei Erfolge gegen ihre chronischen Harn- und Nierenwegentzündungen und Gallenprobleme und rätselhaften Ausschläge.

Mit Orden dekorierte Meister ihres Faches stürzten sich kreischend in kalte Fluten. Hochgeehrte Bestarbeiterinnen bauten kleine Kleckerburgen, für drei heilsame Wochen dem Druck der Norm entronnen.

De sollt man mi ünner de Fittich gäm, sagte meine Großmutter, wenn sie die Kurgäste vor der Bushaltestelle antreten sah. Bewunderung ob des Umstandes, daß die Menschen endlich in Besitz einer FDGB-Kur gekommen waren, ließ meine Großmutter nie aufkommen. Eher bestimmte eine Art Mitleid die Betrübtheit darüber, wie unzumutbar lange und aussichtslos man die armen Menschen in den Fabriken hatte auslaugen lassen. Meine Mutter sah sich die Kreaturen nicht an, weil sie ihr zu schlecht angezogen vorkamen.

Wenn die Sonne es nicht mehr brachte, wurden die Strände von Strandkörben befreit. Und die Alten fielen wieder in ihren gewohnten Dämmer zurück. Die Gemeinde atmete auf. In den Gästehäusern war das Geld längst gezählt, und das Leben wurde wieder überschaubar. Die Möwen schnäbelten auf den Kajütendächern der verlassenen Segelboote. *Von hüt uff moin* kehrte ins abgeebbte Ostseebad die Ödnis wieder ein.

Die Zerstrittenen besannen sich auf ihren althergebrachten Zank. Die Nörgler brachten die ewige Leier wieder in Schwung. Der stänkerische Nachbar warf dem Hühnernachbarn wieder vor, er lasse in gemeiner Absicht seine stockdämlichen Hühner frei ausschwärmen. Daß die ihm den prächtig geratenen Rosenkohl zerhacken. Unbeachtet vergingen farbenprächtig die Blumen des Herbstes. Man stritt und soff und holte die letzte Kuh von der Wiese. Man saß wie Blei in den Kneipen. Zu träge, den Hut vom Kopf zu nehmen. Den Rollkragenreißverschluß bis zum Kinn gezogen.

Das Leben nach der Saison verlief sich in der großen unwirtlichen Halle. Eine riesige Holzbaracke, die tagsüber den Schulkindern zur Speisung diente. Am Wochenende dröhnten dumpfe Klänge. Denn die Jugend sollte bei tanzorientierter Rockmusik zusammenfinden. Auf den verwaisten Dielen der Dorftanzarena drehten sich die Schönen des Dorfes wie Ackergäule unter der einfallslosen Partybeleuchtung. Dicke Mädchen mit blonden glatten Haaren schoben emsig ihre Runden. Den Blick von versunkenen Seejungfrauen imitierend, hatten sie noch ganz ohne eine Spiegelglaskugel und deren erstaunliche Reflexe auszukommen. Die sich noch nicht auf die Tanzfläche trauten, stierten zum Plattenaufleger, der die Beine auf dem Diskpult kreuzte. Ein Lulatsch, der sich dauernd mit einem knallroten Plastikkamm die langen blonden Haare strich und, bevor er die nächste Scheibe auflegte, Unverständliches ins Mikro nuschelte. In Gedanken bei den heißen, schlaksigen Gespielinnen des rassigen Sommers, die in engen Jeans großstädtisch wirbelten.

Dann brach der Winter über die Dörfer herein.

Die aufgedunsenen jungen Burschen des Dorfes saßen im Vorderraum und tranken Bier, spielten Karten, gafften zu den Mädchen, die sich sehr bemühten und vom Tanzen rotfleckige Gesichter bekamen. Die Kerle landeten in den allerletzten Winkeln des Suffs und boten sich wechselseitig Kloppe an. Hatte der Suff sie besiegt, sank der Kopf auf den Oberarm des Saufbruders oder die fette Wange rutschte gleich aufs Sprelakat.

Das Eis bot mancherlei Erheiterung. Man lief mit einem Blechstück und ließ sich fallen und rutschte auf dem Untersatz fast bis zum Horizont. Wenn man wollte, und wer wollte es nicht, konnte man über das Eis hingehen, einen Blick wagen im sicheren Schilf vor der Halbinsel Wustrow, wo die Russen hausten, wie man uns eindringlich sagte. Und etwas war an den Russen anders, darauf pochten die Leute. Man könne nicht direkt sagen, es sei alles an ihnen abnorm, aber doch geheimnisvoll und kaum nachvollziehbar, ganz und gar reichlich fremd. Und es hieß, es sei besser, daß man nicht hingehen könne, so kriege man nicht mit, wie sie das einst so königliche Wustrow, die Perle am Platze sozusagen, mit ihren barbarischen Sitten verschandeln.

Allerdings, wovon die Fleischersleute sprachen, wenn sie geschlachtete Viehhälften zu den Russen durchs Russentor nach der Kaserne zum Russenhauptmann brachten, klang in unseren Kinderohren groß und eher verführerisch als abstoßend.

Dann war das Haff völlig zugefroren und ich schlitterte mit einem Freund, obwohl man es eigentlich nicht durfte, ins Schilf vor die Halbinsel Wustrow, den Russen zu sehen.

Aber da, wo wir hockten, war vom Russen nichts zu erkennen. Weshalb wir uns näher an seine Behausungen, die wir zwischen den nebligen Bäumen erahnen konnten, schlichen. Wobei wir auf eine Straße gerieten. Und plötzlich umkreischte und umkreiste uns ein Russenjeep, aus welchem ein dicker Russe mit den Armen wedelte, daß wir wie angefroren standen. Am Ende des rechten Armes hatte der dicke Russe eine Pistole, was unser Herz stocken ließ. Der Jeep kreiste näher. Der dicke Pistolenrusse schrie: ›Da moi!‹ Und wir nahmen die Beine zur Hand und rannten durchs Schilf übers Eis um unser Leben. Und meinten, einen Schuß hinter uns herjagen gehört zu haben.

IM SOMMER MEINER Kindheit ging noch zweimal am Tag der alte Schäfer mit Hund und Herde über die Grashügel. Mittags saß er im Schatten eines Baumes. Er nahm manchmal ein Tier und hob es auf den Rücken, wollte er ihm einen Nagel aus dem Huf ziehen. Der tiefschwarze Hund trieb die Schafe von der Straße weg. Der Herr der Lämmer war ein schweigsamer Mann mit mächtigem Bart und einem langen Stock. Seine Ställe waren am andere Ende des Ortes gelegen. Dorthin trieb er die Schafe gegen Abend an die Tränken. Er war ein Wandersmann und in der Schule gab es eine Diskussion darüber, welcher Klasse der Schäfer zugerechnet werden könnte. Ein Teil der Klasse meinte, er sei, weil er nicht arbeite, kein Teil der Arbeiterschaft. Die anderen Schüler verweigerten ihm die Zugehörigkeit zur Bauerngemeinde, weil er bei der Ernte nicht mit zupacke.

An einem Ostertag kamen Gaukler ins Dorf. Der Puppenspieler unter ihnen war mit einer karierten Jacke bekleidet und hatte einen eckigen falschen Bart. Er sprach mit seiner schrumpeligen Marionette, der er wie einem Baby auf die Brust küßte. Ich träumte von der am Faden baumelnden Existenz. Und erinnere mich, daß sie, als der Spieler sie fortlegte, nicht zusammensackte. Sie blieb neben ihrem Schöpfer sitzen. Aufrecht und stolz. Die Beine übereinandergeschlagen. Den Kopf in die hölzernen Hände gelegt. Sah sie mich an.

Ich fragte nicht oft, ob ich Geschwister hätte und erhielt Beklemmnis zur Antwort. Man hatte beschlossen, mich nicht weiter einzuweihen, und beließ mich im Glauben, ich wäre allein auf dieser Welt.

Eines Tages aber ging es mit der Mutter nach Stralsund, einen kranken Menschen zu besuchen. Ich hatte, weil ich noch nicht vierzehn Jahre war, vorm Tor zu warten. In Wirklichkeit besuchte die Mutter meine Schwester, um zu prüfen, ob man sie zu uns holen könne. Nach geraumer Weile kam sie in großer Eile zum Ausgang des Krankenhauses, ein Taschentuch in der Hand nahm sie mich am Arm und ab gings nach Rerik zurück. Unterwegs sagte sie nicht viel mehr, als was es für ein Elend in der Welt gebe und daß ich froh sein könne …

Ungefähr zu der Zeit bin ich bei einer Spartakiade über einen Meter sechsundvierzig hoch gesprungen. Hinterm Haus baute ich mir sofort unter Ausnutzung der vorhandenen Klopfstange eine behelfsmäßige Sprunganlage. Als Latte dienten dünne Tischlerleisten, die bei der Arbeit abfielen. Der weißhaarige Handwerker stellte die Maschine ab, wischte sich die Hände an der leimbeschichteten Schürze und zeigte sich an meinem Werdegang interessiert. Allemal fragte er mich nach dem Stand der Dinge und ob ich immer noch Olympiasieger werden wollte. Ich bejahte, er lachte, ich rechnete ihm meine Chancen vor. Innerhalb weniger Monate steigerte ich mein Sprungvermögen um exakt sieben Zentimeter. Ich statuierte folgendes Rechenexempel: Würde ich pro Jahr circa zehn Zentimeter zulegen können, so dürfte ich mit zweiundzwanzig, also im rechten Alter, am Ziel meiner Wünsche sein. Ich übte Tag für Tag. Zog mir schmerzliche Wunden, tiefe Schrammen und Beulen zu. Die Großmutter saß am Fenster und hatte jeden Versuch entsprechend zu kommentieren. Ich nötigte sie des öfteren, vor den Eltern von meinen Fortschritten zu erzählen. Die Mutter sah meinen Leistungswillen mit Wohlwollen. Trieb ich mich so doch nicht mit den Bauernlümmeln in der Gegend herum. Ich bildete mich einen Sommer lang bis in den kalten Herbst. Dann zog ich mir eine Zerrung zu und war geheilt.

Der Herbst darauf war ein stürmischer Bruder. Blitze zerschlugen Bäume. Feuer brannten sich durchs Dach der Strohscheune. Das Meer schnappte sich die wacklige Brücke. Starke Winde drückten des Nachbarn neuen Kutter in den Sand. Hagel zertrommelte das Fensterglas vom Geräteschuppen des Vaters. Der trunkene Stallbursche setzte den alten selbstgebastelten Traktor gegen einen Pfeiler und gab der plötzlichen Brise die Schuld. Dann lag die Lieblingskuh vom Bauern Rosenkranz auf der Seite und Herberts bester Hahn war eines Morgens tot.

Ich lebte in einer Gegend, die auf allen Bildern langweilig ausschaute. Ein Feld hinter einer Bushaltestelle, ein untersetzter Baum neben erstorbenen Ackerfurchen. Auf weiter Flur ein dickes Pferd, zu faul, mit dem Schwanz Fliegen fort zu wedeln. Ein paar Kühe. Wie ins Gras erbrochen. Ein paar Hügel. Zwischen Luft und Land wie fürs Herbarium gepreßt, eintönig flache Siedlungen. An der Weggabelung ein verwittertes, von Anbeginn vermutlich unleserliches Schild. Auf einer alten Klapperscheese ein in schwarzes Tuch gehülltes altes Weib mit Klapperlatschen an den Füßen. Die Straßen von Schlaglöchern, Erde, Mist und Gülle geziert. Über allem der grobe Gestank nach verlotterten Schweineställen und übergärigem Sauermais. Hier und da mal was zum Gucken. Ein von Mohnblumen bespitzeltes Getreidefeld. Brieftauben wie aus dem Katalog in ihrem kleinen schmucken Haus. Ansonsten nichts zum Verweilen. Mir war an manchen Tagen, als zögen die mächtigen Wetterwolken unbeteiligt und in größerer Hast über Mecklenburg hinweg.

Der Wald war Volkseigentum. Er wurde mit Schildern versehen, die eine Brandgefahr signalisierten. Wir spielten Verstecken und bauten uns eine Höhle, die ausbrannte, weil einer von uns vergaß, die zwei Kerzen zu löschen, es aber nicht gleich zugab. Wir schrieben diesen feigen Coup der feindlichen Bande zu und forderten sie zum Kampf. Es folgte eine Riesenklopperei, bei der wir mächtig Hiebe verteilten und uns blutige Nasen und Beulen einhandelten, aber keiner siegreich war. Wir waren vier Jungs und stromerten täglich im Wald herum. Wir warfen mit Messern auf dünne Stämme und kletterten auf die höchsten Bäume. Wir pirschten im Gestrüpp, suchten Pilze oder schreckten Hasen auf. Wir belauerten Liebespärchen und sammelten Kippen, deren Tabakreste wir in unseren Dosen bargen. Der Wald hatte sechs Papierkörbe. In den Papierkörben fanden wir sehr weltliche Dinge, wie Hartschachteln für Zigaretten, grünliche Kaugummis und goldbedruckte Bierbüchsen, die wir nur vom Hörensagen kannten. Der Wald ging bis zum nächsten Ort und endete, wo die hohe Küste ins Flache überging.

Nahe der Teufelsschlucht sahen wir den Dorfsheriff, der durch sein Dienstglas die Nackedeis beobachtete. Wir schlichen zu seinem Moped, das der Mann in einiger Entfernung abgestellt hatte, und warfen es mit Karacho die Steilküste herab. Der Aufprall löste unter den Nackten einen Tumult aus und ließ die Empörten den bleichgewordenen Polizisten mit seinem Feldstecher entdecken. Die kräftigsten Männer, von ihren Frauen angestachelt, stürmten die Steilküste, hoben das Bullennest aus, packten den Amtsmann am Kragen und befreiten ihn unter lautem Gebrüll bis auf die Unterhose von seiner lästigen Uniform.

Im Wald ging ich das erste Mal mit einem Mädchen Hand in Hand, und es war der Wald, dem ich meinen ersten heftigen Liebeskummer ins Ohr jammerte.

Im Wald fanden wir auch eine Fliegerbombe, die wir durchs Dorf dem Bürgermeister ins Büro schleppten, worauf seine Familie schreiend auf die Straße rannte. Die herbeigerufenen Sprengmeister meinten, das Ding hätte leicht den halben Ort tilgen können. Wir wurden feierlich belobigt und durften uns ins Ehrenbuch der Schule eintragen.

Meschendorf. Sandhagen. Neubukow. Heiligendamm. Reutershagen. Wer in einem Landstrich wie ich heranwuchs, sucht mütterliche Buchten landauswärts. Kleine Verstecke vor den hohen Steilküsten. Verführerische Küsten, die sich zum Winter hin, von Sanddorn überwuchert, in kalte Romantik gehüllt zeigten. Ungefällige Nischen, die einem ganz allein gehörten. Spukwinkel, in denen zu verweilen angenehme Gemütszustände löste. Nackte Höhlen, in denen man unentdeckt der gröblichsten Dinge harren konnte. Flecken, aus denen man auf allen Vieren erst gekrochen kam, wenn der Tag sich im roten Abendlicht neigte.

Dann traten die alten Männer vor ihre Türen und besahen sich den Himmel, um zu verkünden, wie das Wetter der nächsten Tage würde. Ich stand hinter diesen Alten. Ich wartete, daß sie mir Prognosen, von denen man wußte, daß sie stimmten, nebenher steckten. Ein unschätzbares Wissen, das ich an den Vater weiterreichte, der viel auf die Weisheit der Alten gab und nichts auf die Vorhersagen in den Zeitungen.

Mein Land war das Land der schützenden Dämme. Der Buchten. Das Land der ungezähmten Stürme. Es war die Küste, an der ich wuchs, von wo aus Mecklenburgs mutigste Söhne nach Dänemark und Afrika aufbrachen oder sich auf den Seeweg nach Australien und in die Türkei machten. Milchgesichtige Rauhbeine, die sich die rasantesten Brisen der unbekannten weiten Welt um die Nase schleudern ließen. Fernab vom Land des tonhaltigen Morastes, der ruhigen regennassen glitschigen Pfade und windzerwehten Zottelbüsche. Fern der landzu gebeugten Kiefern. Picklige Gesellen, das Seemannsgrab in die rosige Haut tätowiert. Und kehrten sie nach der ersten Reise gesund und unversehrt zurück, stellten sie das Dorf auf den Kopf. Und löschten ihren Durst aus Eimern. Sie hauten auf den Putz und zeugten im Suff manch später geschmähtes Kind und liefen stocksteif wieder aus, der Heimat ewig in Verklärung verbunden.

Und manch ein Boot kehrte nicht zurück. Das Meer hat keine Balken, sagten die Hinterbliebenen, und füllten den Sarg mit Feldsteinen und begruben den Unfindbaren auf dem Friedhof hinter der Kirche. Man betonte, der nicht Zurückgekehrte hätte in der letzten Stunde gewiß das scheue braune Reh vorm Wäldchen hinterm Friedhof auf der Lichtung grasen oder auf den Weiden im rötlichen Abendsonnenlicht erhaben stehen sehen, derweil Wassermassen den Jungen in unvorstellbare Tiefen rissen.

Der Vater hielt, bevor er starb, dem Kinde ganz zum Erstaunen aller eine lange Ansprache. Er sagte:

‹Schau, sooft du es einrichten kannst, aufs Meer. Das Meer schenkt dir Träume vom Tauchen und Unterwasserwohnen. Laß dich nicht täuschen. Das Meer verdeckt seine Schönheit oft mit Seegras, Schmieröl und Bierflaschen. Achte auf die kleinen Lachmöwen. Die angeschwemmten durchsottenen Balken. Die Kartoffelschalen. Und Wasserleichen. Höre auf die Sprache der unterdrückten, von Nebelschwaden gedämpften Wellen. Und glaube ihnen nicht.

Das Wasser, denken die faulen Melkerinnen, das Wasser soll unsere Kühe melken. Das Wasser, wünschen die häßlichen Mädchen, soll uns unsere Häßlichkeit fortwaschen. Das Wasser, betteln die werdenden Mütter, soll entscheiden, ob ein Mädchen, ein Junge geboren wird. Die immer frohen, immer lachenden Wellen sagen Komm geh Komm geh Komm.

Trauere nicht. Daß der Vater dich ließ, so mitten im Wachstum, liegt am Vater nicht. Dem Tod muß man keinen Fahrschein weisen. Menschliche Gemeinschaft ist ein Spuk, an den Irre glauben. Die Regentropfen werden zum Fluß. Der Fluß endet im Meer. Die einsamen alten Frauen krempeln die Ärmel hoch. Machen es den toten Männer gleich und verlieren mit ihnen ihre Macht. Schutz sollst du in dir allein finden. Setze dich an den Rand der Steilküste. Du wirst Pol aus Eis. Hinterm Horizont kannst du die Pyramiden erspähen.‹

Ich mied die Todesstätten. Auf Friedhöfen bekam ich Heidenängste. Ich fledderte am Strand nach großen Stürmen. Im glitschigen Seetang fand ich leere Flaschen mit Sand gefüllt. Und zertrümmerte Krabbenkadaver, abgenagte Skelette von Schwänen oder Wasserzappen. Der Tod war mehr als nur ein unbekannter Knochen, es war eine zerfetzte Öljacke, ein verschmiertes, vertütertes Fischernetz. ›Der Tod ist ein sohlenloser Stiefel‹, hatte einmal Herbert geflüstert.

ICH LEBTE UNTER gering romantischen Leuten. Seltsame Menschen, deren Vorfahren die Welt umschifften, die selbst aber nicht den Fuß ins Wasser setzten und ein Erdenleben lang jämmerliche Nichtschwimmer blieben.

Manche Leute hatten starke Arme und Pranken wie die Flossen der Riesenschildkröte. Andere tolle Hechte bereisten die Frauenhäuser der sieben Weltmeere und krochen ins Dorf zurück, um letztendlich im Nachbardorf bei einer hausbackenen Tochter, die nie sonderlich helle war, mit Feldblumen vorstellig zu werden.

Wer heiraten wollte, suchte, was im eigenen Geviert noch nicht unter Dach und Fach war. In der dörflichen Enge ließ sich erfolgreich freien. Eine Frau brauchte nicht sonderlich schön zu sein. War sie arbeitsam, konnte sie mit der Sichel, der Heugabel oder dem Vieh gut umgehen, wurde sie vom Fleck weg geehelicht. Da konnte es freilich passieren, daß einer mit einer Frau verbunden wurde, die am gleichen Ast des Stammbaums sägte.

Im Grunde, sagte Herbert, sind wir alle miteinander verfilzt.

Als ich mit dem gelben Postfahrrad Überlandbote war und für die große Sache der Post mir bienenfleißig die Beine vertrat, stieß ich in Kleinkleckerdorf zum Beispiel auf drei Käckenmeister, zwei Hühnemörder und viermal waren Familien namens Techel zu bedenken. Untereinander hatte man mit dem Namensvetter nicht mehr als die blanke gegenseitige Abneigung gemein. Die Leutchen waren sich so spinnefeind, daß sich meine rote Postaustragetasche ängstigte. Wie vor den Dorfkötern, die mir in die Waden bissen. Aber erst, wenn man zur Gartenpforte an ihnen vorbeischritt. Es lockte mich, einen Käckenmeister gegen den anderen wild zu machen. Ich brauchte die Sendung des einen nur dem anderen unter die Tür zu jubeln, schon war das Kaff vor Aufregung hell erleuchtet. Oh, wie sie da aus ihren Behausungen stürmten und ihren Zorn abließen. Nicht gegen mich und meine rote Ledertasche. Immer brav gegen die Post als Anstalt. Von der Post hieß es, daß sie sichtlich nichts mehr recht auf die Reihe kriegte. Man stöhnte, wenn sich sonst nichts zum Bereden anbot, daß sie überall im vollsten Umfang sogar noch schlechter geworden wäre. Und wußte sich an keine Beglückung zu erinnern.

Den Weg zur Ruine, besser der Stelle, wo Graswucher an jene Ruine erinnerte, nahm der jugendliche Überlandbote, der ich die drei Sommer lang war, extra deswegen in seine Tour auf, weil er ein steiler Anstieg war. Ein Kabenzmann, der mir den Schweiß unter die Mütze trieb. Und oben hatte man einen herrlichen Weitrundblick. So die Sonne schien, konnte man nach Kühlungsborn hineinsehen. Nach dem Ausblick kam die Abfahrt. Die eine rasante Abfahrt war und erst einmal unfallfrei zu bewältigen. Eine der wenigen Seltenheiten im Flachland. Ich stand auf den Pedalen und schrie ins Tal herunter. Die Lederklappe der Tasche flatterte im Wind. Es ging über mehrere Hügel, über kleines Geröll ausgelegter Ostseesteine, an Misthaufen und Holzstapeln vorbei. Ich landete direkt in einem der drei Schweineställe von Oma Piesche, die Schweine wie eigene Kinder zog und auch darin nicht so recht eine Mecklenburgerin war. Sie begrüßte mich jedesmal aufs Neue überschwenglich im ungebrochenen Sächsisch, wischte sich die Hände an der Schürze ab, um – ›mal sähn wasma kriesche‹ – die Post entgegenzunehmen.

In ihrer Küche saß ein stoppelbärtiger, ungepflegter Zausel. Von mir nur Murrkopp genannt. Ein alter Schmied, der immer an einer Speckschwarte schnippelte und mit breiter, verächtlicher Zunge bläkte: *Da iss ja der verrückte Deibel wieder.*

Dann tischte Oma Piesche auf. Gebratenes, Gekochtes, Suppen vom Feinsten. Und jedesmal gab es Zank zwischen ihr und dem Zausel, der sein Leben keine Manieren annehmen wollte, wie Oma Piesche schimpfte. Worauf der Murrkopp entgegnete, ob es etwa Anstand gewesen sei, unter den Menschenbiestern einen verfluchten Krieg zu beginnen, die Leute nur so zu Tode schleifen, Krepierbomben zu basteln? Worauf Oma Piesche rief: ›Keine Politik aus deinem Munde.‹ Und meinte, man sei zwar arm und züchte nur Schweine, aber man sei nicht ohne Sitten. Das wiederum bedeute, bei Tische keine politischen Ausreden für seine schlechte Laune zu benützen. Denn Kommunistin zu sein, und sie sei es, wenn man es ihr auch nicht von der Stirn ablesen könne, hieße: ›In den Augen ist Glut von den Rohren der Aurora.‹ Worauf der Murrkopp aufstand und angeekelt: ›Deine doofen Kommunisten‹ sagte und sich in seinem Sessel hinter der Ausgabe des Zentralorgans verschanzte. Die Piesche schrie: ›Ja meine, nicht deine Kommunisten.‹ Und tönte in Richtung Zeitung, daß sie den Willempieck noch verstanden hätte, weil der immer Tischler geblieben sei. Daß sie dem nie eine Eingabe schreiben brauchte. Daß sie den Schauspieler mit dem Bart und der Ferkelstimme geradmalso ausgehalten hat. Obwohl der seinen Pfeffer von ihr bekommen habe. Einen Brief an den anderen fest gereiht habe sie dem um die Ohren geschlagen. Denn das Mundwerk lasse sich eine Piesche von niemandem verbieten. Auch nicht von einem Staatsratsvorsitzenden. Und daß der jetzige eben kein Kommunist mehr sei. Und daß man einmal sehen würde. Mit der Zeit.

Und ihr Zausel sprang auf und schrie, bevor er zur Tür rauspolterte: ›Hörste dummes Weib bloß ma wieder auf zu hetzen vor sonnem Bengel. Ein Wort zuviel und das Luder bringt uns samtall hinter Gitter.‹

Solchermaßen gesättigt, hatte ich das Haus der Piesche verlassen. Sah den Alten hinterm Haus Holz hacken. Gerade das Rad bestiegen, die Tasche geschlossen, kam Oma Piesche jedesmal mit einem Paket für die Familie angehastet. Pflaumen aus dem Garten. Äpfel, Birnen. Frischgelegte Eier. Gaben ganz nach der Saison.

Der Postbote, der ich in den Sommerferien war, blieb von den deftigen Bauernflüchen verschont. Man belobte mich im Gegenteil sehr. Trieb ich mich doch nicht wie die anderen Bengels in der Gegend herum. Man ließ mich in die Nußtüte greifen, bot mir süße Mandeln und bestätigte mir, wie wenig der gemeine Landstraßenritter dafür könne, daß die Post zu einem Sauhaufen verkäme. Dieses sprach man mit gefälligem Augenausdruck und Seitenblick auf die abgetretenen Pedale meines gelben Postrades. Die elendigen Mühen der Tagesarbeit in der mecklenburgischen Ebene wohl erkennend.

Später, als ich Mecklenburg längst verlassen hatte, hieß es, daß sich der Briefträger meiner Kindheit im Alter von 64 Jahren einen alten Kindheitstraum erfüllte und Seemann wurde. Er soll in einem selbstgefärbten Streifen-T-Shirt umgegangen sein. Man habe ihn mitten in seinem Garten, auf einem selbstgehauenen Holzpflock, an einem selbstausgehobenen kleinen Teich, den er mit künstlichen Wasserblumen angereichert hatte, sitzen und mit der nackten großen Zehe kleine hölzerne Boote übers Weltmeer steuern sehen. Es war die Rede davon, mit welcher Inbrunst er herzzerreißenden Schmelz zur Harmonika sang. Das ließ mich aufhorchen. Ich wünschte, alt wie der Briefträger zu werden und so wie er zu enden.

Ich war schon im Alter von sieben Jahren auf einer Luftmatratze abgetrieben, sehr weit hinausgeweht worden. Jedenfall habe ich meinen Heimatort zur rechten Zeit aus großer Entfernung gesehen und mich sehr früh schon gewundert, wie man in einer solch winzigen Siedlung überhaupt leben konnte.

Das Wetter war gut. Das Wasser war warm und ruhig. Ich ließ mich von der Matratze ins kühle Naß herunterrutschen. Ich hielt mich fest und versuchte, wieder ans Land zurückzukommen. Die Matratze war zu schwer, ich wurde seitlich abgedrängt und weiter ins Offene getrieben.

Mir träumte, ich gäbe meinen Untersatz preis. Ich wollte gar nicht ans Land schwimmen, und ging unter wie ein Stein. Ich bildete mir ein, die Mitmenschen fänden meine kindliche Körperhülle ein paar Stunden später am Strand und würden mich dort begraben.

Ich lag am Meeresboden und phantasierte. Eine Gruppe Unterwassermaler, ein Unterwasserfotograf und zwei zufällige Passanten umschwammen meinen Körper und machten Skizzen.

Später, als mir Schwimmhäute zwischen den Zehen wuchsen und eine kleine Moosschicht meinen Rücken zierte, machte ich täglich Tauchwettbewerbe mit den flinken Aalquappen. Wenn die großen Fischzüge unterwegs waren, packte ich meinen Unterwasserrucksack und schwamm in die weite Wasserwelt. Ich habe eine Menge versunkener Schiffe gesehen, beherrschte die Sprachen von siebzehn Walarten und wäre ein ganz großer Delphinjäger geworden, wenn es mich unter Wasser gehalten hätte.

Ich belauerte die Eidechsen an der Liebesschlucht, wenn sie in der warmen Sonne lagen. Ich hatte es nur auf ihre Eier abgesehen, die sie in den heißen Sand verscharrten. Der dumme Rudi, den ich mit auf die Pirsch nahm, griff rasch und grob zu und führte mir vor, in wieviel kleine Stücke man den Hinterleib einer Eidechse rupfen konnte. Ich schlug ihm mit der Faust ins Gesicht. Und er schrie, daß ich verrückt sei, wegen einer blöden Echse um mich zu schlagen, und rannte blutend weg.

Dann fiel der erste Schnee. Ich hetzte zum Ufer und konnte mich nicht satt daran sehen, wie der Schnee ins Salzwasser schwebte und zerrann. Den Leuten allerdings war das Weihnachtsfest wichtiger. Es herrschte Totenstille in den Straßen. Und die dicken Kinder stammelten kurze Betteleien in Reimform oder krächzten eine Weihnachtsweise, um eine milde Gabe nach der anderen zu ergattern. Ich hatte die Verkäuferin verhört und wußte, daß ich die elektrische Eisenbahn, die ich mir so wünschte, vergessen konnte. Es sei denn, meine Eltern hätten eine in der Kreisstadt erstanden und ihre Geschenke dieses Mal an einer völlig anderen Stelle verwahrt. Jedenfalls in der Bodenluke stand nur ein nagelneuer Schlitten. Aber Schlitten konnte ich mir, wenn Schnee lag, beim Nachbarn, so viele ich wollte, ausleihen. Denn der Nachbar war ein Schlitten-Narr.

Man sagte: Jede Gegend hat ihre Deppen und repräsentativen Kreaturen. Aber es gibt einen Hort, von dort aus werden sie in die Welt gesetzt. In den Nestern Mecklenburgs lebten unauffällig außergewöhnliche Mentalitäten. In dem einen Ort hatte man den Eindruck, daß er von Menschen bevölkert würde, die man eben im anderen Ort angetroffen hatte. Und man konnte Bein und Stein verwetten, im nächsten Ort wieder auf die gleichen zu stoßen.

Die Mecklenburger standen am Meer, und am Horizont fuhr ein weißer Dampfer wie über eine Bühne gezogen vorbei. Und sie blickten durch ein Fernglas und fragten sich jedes Mal neu, ob das wohl dort ein weißer Dampfer wäre. Sie huldigten der Ansicht, es käme nur das zur Welt hinzu, was bereits vorhanden wäre und als Ereignis sich wiederhole. Was ein einziges Mal passiert sei, wäre nicht der Rede wert. Es existiere nicht. Sie fuhren in die Kreisstadt und fragten sich plötzlich, wie es zu Hause aussehen möge, und liefen zum Bus und fuhren unverrichteter Dinge zurück und waren froh, noch bevor etwas passieren konnte, wieder daheim zu sein, wo alles, wie es immer war, vor ihnen lag. Und ließen es sich eine Lehre sein. Und unterließen weitere Unternehmungen ganz.

Mir war oft, als wüßten die Mecklenburger nicht, wer zur Zeit ihr König wäre. Sie hörten von Paris oder lasen von dem Eskimo und sagten: *Tje. Dat is man woll nich mier Mäkelborg.*

Sie stolperten über das täglich gleiche Stück Holz. Sie holten sich permanent an der selben Ecke ihre Schrammen. Sie tobten nicht einmal, wenn ihnen wieder und wieder ein loser Gegenstand auf den Kopf fiel. Sie haben aus Einfalt den Kindern die gleichen Vornamen geschenkt, lästerte Herbert. Sie schienen sich mit untrüglicher Wollust die Stirn an ein- und demselben Balken zu stoßen. Und nahmen das Hindernis nicht aus dem Weg. Setzten den Balken nicht um. Der geringsten Veränderung standen sie ablehnend gegenüber wie das Wintereis der Saat. War eine Klinke locker, blieb sie locker. Hing ein Bild schief, hing es Jahrtausende schief. Über alle Epochen wurde der blaue Fensterrahmen wieder so blau und aus dem gleichen Mustopf gestrichen.

Wer dumm war, kriegte dumme Gören. Wo ein Knoten war, konnte ein Knoten nicht blitzartig platzen. Man sagte wenig. Aber was man sagte, stand wie ein Block in der Landschaft. Und dumm war einer, der die Blöcke in der Landschaft hinterfragte.

Das Kind das ich war lief, wenn es die Sirene vernahm, in den Waschkeller, schnappte sich das Fahrrad. Radelte der Feuerwehr bis ins übernächste Dorf hinterdrein. Vorbei an blutrot gepunkteten und tiefgelben Feldern. Souverän stand die Feuerblume im Hafer, der nach Raps roch. Vorbei ging es wie der Wirbelwind an dem Pferdegespann mit seinem himmelhoch gestapelten Strohballen. Dem Rauch am Horizont entgegen, um einen Brandherd zu sehen oder von der Kraft der Feuer, die das Kind sehr liebte, neuerlich überzeugt zu werden.

WIR SAHEN UND lernten und reiften. In einer Zeit, als die schönsten Häuser am Platze von ›Burg Herzlich‹ zu Haus ›Glück auf‹ umgetauft wurden, ersehnten wir uns Matchboxen. Als die ›Villa Greif‹ zum ›Rosa-Luxemburg-Heim‹ gemodelt wurde. Oder dem ›Maxim-Gorki-Haus‹ zu Ehren das ›Haus zum Wiesenweg‹ weichen mußte und die Seestraße zur John-Brinkmann-Allee wurde. Und Thälmann dem Dorfplatz seinen Namen lieh. Die Alten winkten ab. Und lachten, wenn wieder etwas umbenannt wurde. Und sagten: *De nenn em in zich Johr wedder Dorfplatz.* Oder sie sagten, daß es sowas schon beim Viereckbart gegeben hat. Und nippten Köm und stießen an und hielten nicht die Bohne von einem Staat, der begann, sich solchermaßen wie all die andern Staaten zuvor aufzuführen. Man sah gelassen über heilige Gedenkstätten weg. Man wies in diesem Zusammenhang mit der Mistgabel auf die als ein Sanatorium getarnte Zentrale der Firma Horch & Guck.

Die Menschen sahen die Sonne am Himmel stehen. Und der Leiter des Heimatmuseums sagte nach der Landung der Amerikaner, daß nach dem Mond jetzt Arbeiterhände griffen. Und er sagte, daß nirgends das Meer im Dienste einer Klasse stehe. Und wurde abgeführt. Denn es war die Zeit, in welcher man für einen harmlosen Witz abwanderte.

Die Alten hetzten still. Mit schlichten Gesten taten sie ihre Meinung kund. Sie saßen, den Grübelkopf auf der Krücke, neben dem Gerüst für einen neumodischen Bau und schauten den Erbauern solange auf die Hände, bis einer von ihnen die Nerven verlor und sie zu vertreiben suchte.

Dann sprangen sie auf ihren junggebliebenen Beinchen davon und machten in der Kneipe Rabatz, von wegen der neue Staat habe ihnen an die Wäsche gewollt.

Wir nährten uns von ihrem Hohn. Denn die Alten lehrten einen, sich außerhalb der Schule aufs Leben vorzubereiten. *Kiek sälwer un lat di nich wat vorgaukeln.* Die Parolen jagten sich wie Kinder im Schulhaus, laut und aufgeregt. Die neuen Lehrer kamen mit viel Elan daher und gingen gebeugt von dannen. Es wurden in der Hauptstadt, so ging das Gerücht, Filme über die

Arbeiter vor ihrer Aufführung verboten. Plötzlich durfte man nicht mehr ausdrücken, was eben noch in großen Lettern auf rotem Tuch prangte. Was eben noch unumstößlich schien, bekam alsbald Risse. Über Nacht wurde eine Plakatwand überpinselt, am Tage darauf sollte alles vergessen sein. Wie nie gewesen, hieß es mal Hott und dann wieder Hü. Und wenn was in die Brüche ging, wollte es niemand getan haben. Was groß ausposaunt zu einer Hymne werden sollte, verpfiff sich leis' als Drosselgesang. Am Ende waren wieder nur ein bißchen die Hühner über den Hühnerhof gescheucht worden. So verging die Schreckenszeit, so wurde die Zukunft ausgestanden.

Der Mensch tritt vor sein Haus, er reckt sich, er hebt den Kopf, er sagt, er sei stolz, Mecklenburger zu sein. Er sagt es, wie einer sagt, er hätte gestern Schnupfen gehabt und heute keinerlei Beschwerden mehr. Der Wind überweht die miesesten Epochen. Und der Mond zeigte sich in seiner vollsten Schönheit. Und der stolze Mensch tritt in sein Haus zurück.

Die Alten rieten, wir täten gut daran, geheime Ecken zu suchen, die wir uns aneignen sollten. Mecklenburg sei nicht gerade reich an Unterschlüpfen. Da wäre es angebrachter als sonstwo im Lande, Orte zu okkupieren, wohin man fliehen konnte. Es sei einzige erwerbbare Sicherheit, wenn man einen Platz wisse, wo man schlechte Zeiten gut überstünde und einen so schnell niemand fände. Kleine Inseln des Glücks seien besser als die nackte große Gemeinschaft. Lieber unter freiem Himmel als in Freiheitsfesseln.

Wir hatten wundervolle Plätze. Wo das Kind, das ich am liebsten geblieben wäre, für Epochen in Ruhe gelassen, an der Steilküste von oben herab auf Schwärme ziehender Vögel blickte. Vögel, die Stunden später auf der anderen Seite der See in Dänemark waren. Verräter, die, auf der Reling eines Schiffes von fremden Matrosen liebkost, meinem Land zwitschernd den Rücken kehrten.

Um Weite zu verspüren, sagte der bucklige Herbert, brauche man nicht auf einen Berg kraxeln. Weite umgibt uns. Das sei die feinste Angelegenheit von Mecklenburg und einem wie das Amen in der Kirche bombensicher. Denn Größe gewinnt der geringe

Stein am flachsten Ort durch die Weite. Eine Weite, die den Feldstein aus sich heraus zu dem formt, was er tatsächlich für uns Menschen sein kann: Ein ganz besonderes Schmuckstück.

Und das Kind sah, wie am Horizont ein Fernheizwerk zur Skyline wuchs. Es sah die Kräne. Hörte die Bagger. Sah Mechaniken die Erde aufreißen, wo zuvor grüne Wiesen standen und noch vor Wochen der Wind die Haare kämmte. Ich lebte in einem Dorf, wo einmal im Jahr Erntefest abgehalten wurde. Wo im eifrigen lauten Rummelleben die Zeit in Bündeln vertrieben werden konnte. Zelte mit Wandelgängen. Losbuden zwischen Schießstand und Zuckerwattetopf. Indes ein mittelgroßes Radkarussell quietschend seine Runden drehte, und das Völkchen drängelte. Wo ein Getön herrschte, kaum daß zu vernehmen war, was einer eben gewonnen haben sollte. Wo sich die Muskeln unterm Seemannspulli spannten, wenn es galt, gegen die Fleischergesellen den Lukas zu hauen. Wo die schönen Dorfmädchen umgingen und rätselhaft kicherten. Mädchen, die noch erröteten, wenn man ihnen selbstgeschossene Papierblumen überreichte.

Von jener zarten bis tieferen Röte waren die Backsteine des Nordens, aus denen die gedrungenen Kirchen, die Schornsteine ringsum bestanden.

In den mecklenburgischen Küstenstädten, die ich nacheinander aufsuchte, triumphierten die verwinkelten, auf urbanen Fundamenten errichteten flachgiebligen weißgetünchten Fachwerkbauten. Von dunkelbraunen Balken durchzogen, im Verein mit den unverdorben wirkenden Backsteingebäuden, beschämte das Zentrum einer Kleinstadt die einfallslosen Reihenhäuser der modernen Vorzeigeorte, von denen man im Fernsehen sah. Kurz bevor ich die Heimat verließ, bekam mein Dorf jene aus luftigen Bauklötzen flink errichteten Eigenheime der Genossenschaft, um die Bauern besser ans Land zu binden. Die standen dann wie nicht abgeholte Dominosteine entlang der Landstraße. Die auf- und abgehenden Bahnschranken verlachten mit ihren weißroten Wedelarmen die schmucklosen Gebilde. Vorbeifauchende Lokomotiven ließen gezielt Ruß und Asche ab.

In den unscheinbarsten Nischen der kleinen Orte Mecklenburgs fand, wer ein Auge hatte, viele unwirklich anmutende Idyllen. Natürlichkeit und Prinzip in einer sonst recht zwanglosen, ja ungeordneten Szenerie aus Häusern und Zäunen, Katen und Stangen, die wie durcheinandergewirbelte Spielkarten lagen. Konfusion wie auf den Kähnen der Fischer, die im Hafen ihre Kisten und Eimer, Glaskugeln und Netze, Fischreste, Latten und Pfähle mit bunten Fähnchen mischten.

Es war eine Freude im heißen Sommer, wenn das Korn in seinem Zenit stand, durchs Getreidefeld zu rennen. Gerade weil es verboten war und man an den Ohren gezogen wurde, wenn der Hund des Bauern einen gezwackt hatte, daß man nach Hause humpeln mußte. Es gab kein schöneres Vergnügen, als die Arme und Beine gebreitet, mit nichts auf dem Leibe, das Pieken und Stechen auf seinem Körper zu spüren. Die Augen fest geschlossen, vorsichtig sich um die eigene Achse zu drehen, die Halme plattwalzend. Genüsse wie sich den Hügel herunterrollen zu lassen oder die gezirkelten Grabsteine aus grauer Vorzeit zu erklimmen.

Denn Mecklenburgs Hünengräber sind grandios an weithin leuchtender Stelle postiert. Zu den Orten führen Landstraßen, von Bäumen wie Wächtern umstanden, in denen es geheimnisvoll rauscht und raschelt. Was für ein Spektakel, wenn sie weihevoll im Nebel zu vermuten waren. An solchen Tagen, die aus Stille geformte Schwaden boten, fühlte ich mich in Gottes Manteltasche. Denn Mecklenburgs Nebel adelten den geringsten Gegenstand in einer sonst übermächtigen und bedrohlichen Umgebung. Ein Feldhase konnte plötzlich an Größe gewinnen. Ein einzelner, nicht einmal schöner Baum, wenn er aus dem Nebel erschien, wurde ein umwerfendes Ereignis, ein ungekröntes Schauspiel.

An den Tagen mit Schönwetterwolken schwang über allem der große unbekannte Wolkenmaler, wie ihn die Großmutter nannte, seinen fliegenden Pinsel und entwarf unermüdlich die erstaunlichsten Wolkenbilder. Wie im Rausch keinen einzigen Effekt auslassend.

Der Kosmos verwendete sämtliche Farben zwischen Weiß und Schwarz. Die Erde hat eine rote Nase und riecht am Morgen nach Korn. Der Mond schmeckt nach Lebertran. Kontinente im zerknitterten Blau steigen in die Luft auf. Raffinierte Stufungen gebiert der erregte Himmel. Wolken wie Frauenbeine von Seide umnetzt. Strumpfhosendämmerung.

Ich sah Kamelreiter, Paläste und stille schöne Feenschlösser. Sah, zum Fürchten nahe, kahlschädlige Geister Eindruck schinden. Sah Münder, Rachen riesiger Puppen endlose feierliche Prozeduren vollführen. Daß mir der Kopf schmerzte und ich wegsehen mußte. Ich versuchte, was ich in den Wolken sah, widerzugeben. Ich schuf Aquarelle, auf denen die Farben ineinanderliefen. Bis von den Bildern nur noch ein einziger Blauton existierte. Ich baute mir ein Blau, aus dem hervor sich alles offenbarte: Ein Blau, das dunkle Felder neben kurvigen, hellen Hügeln bestehen ließ. Und auch einen sanften See. Und zwei kleine weiße Schwäne unter bunten Kähnen. Ich hörte nicht auf zu skizzieren. Ich hielt mit Bleistift die Ruine am Wegesrand fest. Ich malte in Öl die Wegweiser ohne erkennbare Schrift. Ich aquarellierte Werden und Vergehen der Pflanzen. Ich zeichnete in der Gewißheit, ich würde, wenn mein Rententeil käme und sommersprossige Gören um mich wären, die Zeichenmappen öffnen und Bild für Bild erläutern können. Ich spürte, wie meine farbigen Ekstasen die Zieheltern verunsicherten. Denn um Himmelswillen sollte aus dem Jungen, der ich war, keine brotloser Pinselheinrich werden.

Meine Eltern sagten von der Kunst, daß sie den Menschen über lang oder kurz zum Hungerwahn triebe. Und ab gings mit mir zum Arzt. Der Bursche hatte es faustdick hinter den Ohren und sagte für den Tribut, den die Mama händeringend zahlte, was allen Müttern dieser Welt die Aufregungen nimmt: Sie solle sich freuen. Das Kind würde Zeichen der beginnenden Reifung senden. Da wäre Hang zu Höherem zu spüren und absolut nichts zu befürchten. Meine Mutter schickte mich vor die Tür, und ich vernahm, wie der gerissene Mensch zur Erweiterung der künstlerischen Betätigung riet. Dies sei die sicherste Methode, die Hörner mir frühzeitig abzustoßen. Und der allergeradeste Weg, aus dem Verirrten einen wohlanständigen, zielstrebigen Mann zu formen. Einen Architekten! Von denen man wisse, wie sehr sie gute Zeichner wären. Der Mutter schwoll vor Stolz die Hauptschlagader und sie versprach, nichts unversucht zu lassen, bis die Jugendspinnereien versiegt seien. Man reichte sich zum Abschied erlöst die Hände und der wortgewandte Uhu warf der Erlösten noch hinterdrein, er wisse, wie sehr die ganze Familie demnächst an ihrem Sproß Freude haben werde.

In den kleinen verwinkelten Orten lebten Menschen, die lieber Leichtes tätigten als sich künstlerischer Rastlosigkeit auszuliefern. Der Tisch war ein Tisch. Und der Teppichklopfer tat mitunter fremde Dienste auf dem Buckel der eigenen Brut.

Zwischen den Dörfern und kleinen Städten entlegene Landschaften. In den kachelofenwarmen Uraltnischen der einfacheren Leute, die fernab von der Hektik einer Weltaustellung die Tage aneinanderhäkelten, schätzte man die Kunst, die realistisch und also wiedererkennbar war. Man ergötzte sich an sinnlichen Schunkeleien und feierte die schnapsnasigen Heimatbereimer als große Dichter.

Den Menschen, die ihr Dasein aufs Wesentliche reduziert verbrachten, war Kunst kein Gegenstand von Debatten. Man bestaunte lieber den neugepflanzten Baum und die schöne Bank der neuen Bushaltestelle. Anstatt sich die Laune vom Neuen verderben zu lassen, stellte man klar: Ein Bild dürfe nicht reizen. Eine in Öl gemalte Obstschale zum Beispiel müsse zur Tapete schon passen. Und in jedem Garten mache sich ein Springbrunnen schön. Die Birke im Wald erspare ihnen den Besuch der Museen. Unerreicht stünden die Krokusse im Rasen des nahen Stadtparkes.

Ich hörte das Knacken in den dünnen Bäumen, wenn bittere Kälte vom Meer her ins Dorf eindrang. Aber es fiel zu selten Schnee. Ein richtiger Winter, sagte man, ist soviel wert wie zwei mittlere Sommer. Ich sah den Frost an die halbrunde Fensterscheibe Blumen kleben. Sah die Meisen sich Sonnenblumenkerne aus dem Schmalztopf picken. Die Großmutter sprach vom Krieg und dem Hunger in Afrika. Und was man bei dieser Kälte anstellen täte, wenn plötzlich der Russe, der Franzose, der Engländer, die Amerikaner mit ihren Maschinenpistolen durch die Türen brächen. Die Mutter hielt sich die Ohren zu und sagte, der Krieg sei gebannt, jedwege Angst unberechtigt und, was an Schrecken einst gewesen, ein für allemal zu vergessen.

Ich war nicht oft das Winterkind, welches sich flache Steine unter die Schuhe legte, um über alle glatten Flächen zu rutschen. Ein aufgeweckter Junge, der sich ein Loch ins Eis schlug, auf Stichlingsfang ging oder Schneebälle nach den schwarzen Wasserhühnern warf. Häßliche Viecher, die nicht in den Süden flogen und nicht richtig laufen konnten, ständig vornüber fielen. Blöde Vögel, die wir Zappen nannten.

Ja. Ich war das Kind, welches Schwäne, die stumm und angefroren im Koma dämmerten, mit der Axt aus dem Eis befreite. Und die stolzen Wassertiere gegen den Willen der Eltern in der Garage hielt und durch den Winter fütterte. Auf daß sie im Frühling gestärkt in die Lüfte steigen mögen, über alle Ländergrenzen hinweg, wie die Großmutter sang.

Es waren die Gewohnheiten der Tiere die meinen Tagesablauf mitbestimmten. Ich erwachte mit dem Schrei des Hahns aus der Nachbarschaft. Ich zog mit den Möwen zur Schule. Die Möwen kreisten über der Müllhalde hinterm Sportplatz und kamen mit mir, wenn die Schule aus war. Die Plakate riefen: ›Regiere mit!‹ Und ich? Ich hatte ein altes Grammophon, das mächtig kratzte. Auf dem hörte ich Louis Armstrongs Stimme. Die Liedersänger trällerten: Bau auf bau auf. Und ich öffnete das Fenster, drehte den Lautsprecher für die Mädchen, die singend vorbeizogen, lauter.

Der erste Sommer mit dem ersten Flaum im Gesicht und drei Haaren auf der Brust ist ein heißer Sommer gewesen. In jenem Jahr habe ich dem Russen an der Ecke für mein gesamtes Taschengeld eine Kofferheule namens ›Sputnik‹ abgegaunert. Ein kleiner kompakter Apparat mit einem Plastikgurt und einer ausziehbaren Antenne. Und beispiellos großer Reichweite. Denn die Sowjetunion war groß wie Lenins Lehre. Die Mädchen guckten. Die Jungen machten neidische Bemerkungen.

Ich aber sehe mich mit der batteriebetriebenen Kiste zur Seebrücke gehen. In meiner schönen roten Dreiecksbadehose, bei der man Glück haben mußte im zweifachen Lichte. Man brauchte einen V-förmigen Brustkorb, zuverlässige Hüftknochen und einen knackigen Popo, wollte man nicht, daß die mit einem kecken doppelweißen Streifen versehene Dreiecksbadehose in die Kniekehlen rutschte. Die Grenze erdenklicher Peinlichkeit war übersprungen, wenn der Badelappen, den man an der rechten Seite wie einen Senkel band, eine Spur zu groß geraten war und die Hoden sichtbar neben der Hose baumelten. Ich weiß, ich ging auf Luftballen, ich stolzierte wie maßgekleidet an die vorderste Front der Seebrücke. Vorbei an der versammelten Mädchenschaft. Wo ich meinem besten Kumpel die musikspendende Neuanschaffung reichte. Um erst dann über die Balustrade unnachahmlich kühn ins Wasser abzutauchen. Und mir war unter Wasser, als vernähme ich gedämpften Beifall.

ICH WOHNTE, wo man heimlich hinter den Planken der Fischerboote lag und Angelschnüre auswarf. Von fern her wallte das Geplärr der Schalmeien der freiwilligen Feuerwehr, die regelmäßig im Stadtsaal probte. Lauter rotköpfige Männer, die bei keinem Fest fehlten.

Es war die Zeit, wo ich eines Tages neben einem betenden Mann stand, der von sich sagte, er sei im Erz gewesen, habe Silber und wertvollere Klumpen ans Licht befördert. Und nie zuvor das Meer so liegen gesehen. Wie sei der Himmel schön.

Ich saß mitunter bis nach dem Abendrot an der oberen Fensterluke. Unterm Dach sah ich die Alten vor dem Haus sitzen. Sah sie Gesten wechseln. Tabak rauchen.

Und die Plakate riefen im Lande der Kabelkrananlagen und der blauen Peter zur Bündnis und Taten den Besten vorweg für Frieden und Verwirklichung in Zukunft und Geborgenheit. Denn allzeit lebe und führe der Plan zum Wohle. Je stärker der Baum, desto sicherer der Himmel, und die Sterne blieben sich wesenseigen, und der Mond würde unser und die Sonne allen hinzu, weil jedermann an jedem Ort sein Wissen und volle Kraft mit Blut den Bilanzen zollte. Die Felder mit ihren Rüben- und Kartoffelhalden wichen den neuen Städten. Denn es herrschte Stärkung, Wohl und Qualität im untrennbaren Verbund der Länder mit Bruder Dank und Herzen im starken Arbeiterarm.

Und die Straßen waren überfüllt. An den Schranken staute sich der Verkehr. Und die Wartenden gaben sich gelassen. Denn das Programm stünde, wo ein Genosse stehe; die Partei wäre im Interesse der Menschheit, der waffentragende kühne Soldat, ein Wahrer höchster Wachsamkeit, die Hand am Produkt das beste Argument vor dem Feinde auf dem Feld vor den allmächtigen Ställen.

Das sei, sagten die Alten, wie mit den Brücken, die der Tischler ins Wasser baue. Die davonkamen, war der Winter sanft. Doch tobten die Stürme sich an den Küsten aus, zerbrachen die dicksten Balken. Als wenn sich Eismassen vor der Brücke türmen und der Orkan das Gefrorene gegen die Pfeiler drücke, daß

Stämme wie Reisig brechen. Das sei wie mit den Treppen aus Eisen, die die Männer mit Beton an die steilen Ufer sockeln, die das Meer, wenn es in sein Becken zurückgeht, betulich unterspült und wie nebenher mit sich zieht. Murkskram überlebt die Elemente nicht.

Da wo ich her bin, hielt man nicht viel von lauten Dingen. Und grollte, wenn wir mit unseren Maschinen ausbrachen, nach Polen fuhren, um in schwedischen Pornoheftchen zu schmökern und Schallplatten, Jeans für Halbjahresersparnisse in das erste sozialistische Land auf deutschen Boden einzuschmuggeln.

Da wo ich her bin, hielt man zusammen, wenn der Zoll einen von uns erwischte. Die es erwischte, achteten, daß nicht ausschaute, was im Grunde zum Heulen war. Man ließ sich die Jeans lachend abnehmen. Man sagte dem Polizisten, daß man wisse, er dürfe die Jeans nicht behalten und ergo sei die Sache den Aufwand wert.

Ich lernte früh schon bei den Alten auf der Ofenbank sitzen und trank von ihrem Bier. Trank mit dem Fleischer, seiner Schwägerin, dem Schwager aus dem Nachbarsdorf, dem Dorfküster, dem Drogisten. Sah sonntags die Kinder im Matrosenhemdchen spazieren. Und schnappte allerlei Erzählungen auf. Legenden von ungestümen Haudegen und Bootsknechten unter Fremdherrschaft, Berichte von langer Qual und Selbstaufopferung gegen den Willen der aufgebrachten See. Unzählige Geschichten von Strandungen, von Einzeltaten und letzten verglimmenden Leuchtfeuern aus jener Richtung, von wo man Hilfeschreie vernahm. Von Sandbänken, auf denen große Frachter strandeten und gespenstisch ruhig in der See lagen. Von Schiffen, die völlig unversehrt und besatzungslos, als wäre nie ein Unglück geschehen, am Strande landeten. Einmal ist ein Handelsfrachter vor unserer Küste gestrandet. Und das gesamte Dorf ist hingepilgert, Südfrüchte hamstern. *Nu laß se all hier läwen dat se reichlich Pudding gäwen.*

Berichte von den tollkühnen Draufgängern und Schmugglern von Wieck, einem wilden Ort in Pommernland. Piraten, die gar besonders rücksichtslos und berüchtigt waren. Ich trank mit den Alten heißen Grog und manch seltenen Punsch, süffelte

Schnaps und Likör. Aß mit ihnen Rollmops und Trockenbrot, gebackene Pflaumen und Rosinen, die aus fernen Regionen kamen. Und manchmal gab es eine Flasche Eierlikör, die ihnen *de Bürgermeister sin Fru* persönlich überreicht hatte.

Wen die Alten bei der Seefahrerei wußten, nötigten sie, sich ausfragen zu lassen. In den Wandregalen der Alten prunkten Mitbringsel aus Hongkong oder vom Kap der Guten Hoffnung, die keiner berühren durfte.

Einer der Alten hatte sich Sterne an die Decke gepinselt, die bei spezieller Beleuchtung funkelten. Da lag er dann in der schaukelnden Hängematte grad wie bei Wellengang und sah in seinen Sternenhimmel.

Alle meine Spielkameraden träumten von der Seefahrt. Nach der Schule anheuern war unser einheitliches Ziel. Dieses der Heimat Lebewohl sagen können. Sich vom Gewohnten trennen. Die Eltern zu lassen, dem großen Bruder nach, der bunte Karten von sonstwoher sandte. Wir lasen Geschichten von Seeunfällen, Katastrophen, Schlachten und Raub zwischen Klippen und Sandbänken. Wir steckten die Köpfe zusammen und schworen: Nur in der großen Fremde waren noch wirkliche Gefahren und Bewährungsproben zu erwarten. Und beeideten, daß daheim alles öd und langweilig war. Und dann lagen wir auf dem Rücken. Die Augen geschlossen ging es auf Jungfernfahrt von Rostock nach Antwerpen oder gleich nach Südamerika.

Ich stand, eine dicke Seemannspfeife im Mund oder gleich Tabak kauend, zur Weltumseglung eingekleidet an der Reling, kehrte in die Kajüte bei Sonnenuntergang ein, um der weinenden Geliebten zu Hause einen rosaroten Trostbrief zu senden.

Wir lasen Kolumbus' Tagebücher, waren Robinson Crusoe und übernachteten im Freien neben dem Kohlfeld, im Wald, im Strandkorb unter einem gewendeten Boot. Wir hockten in unseren kleinen Zimmerchen, um Abenteuer zu tauschen. Da war von Knechtschaft und Dienerei, Schikane und Rostputz die Rede, von ewiger Stiefelwichserei und stetem Saubermachen und harten Strafen, wenn wem die Suppe angebrannt war oder der Lieblingspapagei des Käpt'n sich eine Feder brach. Jeder von uns versuchte Wochen von Salz und Brot zu leben. Einer lebte für

Zeiten außerhalb des Hauses in der engen Hühnerhütte, denn ein Seemann braucht kaum Platz, sagten wir uns. Ein echter Kapitän verliert sein Herz, auch den Verstand, doch nie die Glut in seiner Pfeife.

Oft ging die Debatte, wie lange man sich wohl unterzuordnen habe, ehe man frei neben Freien auf den Planken des Weltenkahns spazieren könne.

Das Kind das ich war entwuchs der elterlichen Schirmherrschaft, den Räumen, in denen man von der Mutter Lebertran verabreicht bekam, ›daß du groß und stark wirst, Kind.‹

Der junge Mann der ich wurde las in sich zusammengesunken auf den Dielen unterm Dach. Wo der Vater die schönsten Bücher bewahrte. Dichter wie Becher lobten das urwüchsige Land, begeisterten sich an den dunklen Wäldern, aus denen man nur herauszutreten brauchte, um im hellsten Lichte zu glänzen und höchstes Glück zu verspüren.

Ich sah die Reste des überlieferten Landes der Vorväter. Ich hörte am Radio Angaben über Wasserstand- und Tauchtiefen. Sah in den verfallenen Häusern ehemaliger Gutsbesitzer Fremdlinge anhand alter Stiche nach dem Glanz besserer Tage fahnden.

Und eines Tages fuhr ein von einer alten Lady gesteuerter Westwagen vor, der ohne Sonne in der Straße glänzte, den wir wie ein Mondauto bestaunten. Die Alten lugten versteinert hinter ihren Gardinen. Die Genossen taten, als sähen sie das Mobil nicht. Die Mütter rätselten, was eine so betagte Frau hinters Steuerrad und allein in die Welt triebe. Man einigte sich auf Filmdiva oder Amerikanerin, denn Amerika war hier für seine Verrücktheiten hinlänglich bekannt. Im Dorf tuschelten Kirche und Rathaus miteinander, als die Dame umging. Man schämte sich der zerbröckelten Scheunen, um die sich sonst keiner kümmerte, der Ställe, die ungepflegt standen, aus denen Gestank von Schweinen quoll. Die fremde Dame soll in der Männerkneipe Bier getrunken und wie die Männer Bockwurst mit den Fingern gegessen haben. Dann fuhr die Dame ab. Und allen war, als stünde ihr funkelnder Wagen noch immer an seiner Stelle.

Es gab Zeiten, da durfte Mecklenburg seine wenigen Erzeugnisse nur auf selbstgezimmerten Schiffen zu anderen Häfen bringen. Die Mannschaft hatte aus Einheimischen zu bestehen. Eine der vielen Maßnahmen, welche unter den Mecklenburgern eine besonders anstößliche Sparsamkeit entstehen ließ, war das Verbot, große Schiffe auf den besseren Werften der Welt in Auftrag zu geben. Nach dem Willen der Schweden hatte man sich auf die billigste Art der Bootsbauerei zu reduzieren. Der tiefverankerte Geiz meiner Heimat wurde augenfällig, wenn eine Festfamilie zum Wirte schnabulieren ging. Plötzlich lagen die Alten am entscheidenden Festtag totenbleich in ihren Betten, das Ersparte in der Faust. Nicht angenehm, unter Menschen zu weilen, die den Pfennig, mehr als nur dreiunddreißig Mal gewendet, jubelnd in die Sparsocke zurücksteckten. In den Häusern meines Dorfes hortete man den Groschen wie in den Klöstern der Zisterzienser. Lieber nahm man lange Wege in Kauf, als für die Fahrt im Omnibus einen Kreuzer zu verschwenden. Wo das Kind auch seine Bonbons sich in den Mund stecken wollte, stets kam dieses väterliche *Mach eins ma so wieter, Junk.*

Dann zogen wir in ein neues Heim. Das Haus stand wie Frankensteins Horrorhaus unter nackten Bäumen, nahe einem freien Platz, auf dem sich Männer in ihren Arbeitspausen Schürfungen und Platzwunden holten. Pfiffe gellten. Die Pfiffe kamen von den derben Mädchen aus der Tierproduktion. Die Mädchen trugen stahlblaue Kittelschürzen und Gummistiefel.

Das Haus, in dem ich fortan wohnte, war gedrungen. Wie zum Sprung bereit hinter einer hohen, exakt geschnittenen Hecke. Die Wohnzimmer glichen Puppenstuben. Die wenigen Bücher, welche meine Eltern mitnahmen, standen alphabetisch zwischen zwei muskulösen Männern aus Gips. Die mit Bronze bemalten Athleten sahen aus, als wollten sie dem Sockel entfliehen. In der hintersten Ecke schlug die Uhr in ihrem soliden Zierkasten. Zu jeder vollen Stunde viermal.

Da wo ich lebte, war es der Väter Werk, die Wohnzimmeruhr nach dem Radiosignal zu stellen.

Ich hielt mich gern im Amt der Postanstalt auf. Dort habe ich fast den Verstand verloren. Ich bewunderte das Schalterfräulein Ursula. Sie saß dramatisch geschminkt und perfekt hergerichtet hinter ihrem Glas. Man konnte sie nur vom Bauchnabel aufwärts sehen. Ich stand vor ihr und griente sie an. Sie lächelte zurück und pflegte mit einer Nagelfeile gelassen ihre Fingernägel, die knallrot lackiert waren. Am liebsten hätte ich ihr jeden Tag Gänseblümchen gepflückt und über die kleine Rampe geschoben. Die Mutter, der ich meine Regungen gestand, sagte etwas von ›schamlos in Hinsicht der Person‹. Da mochte ich Ursula über alles. Speziell ihre gefärbten blonden Locken.

Ursula hieß in Wirklichkeit Renate. Aber so wurde sie nie gerufen. Ihr Lächeln über der Nagelfeile deutete ich als Zuneigung. Das Fräulein ging, das wußte außer mir jeder, mit dem Fleischergesellen Friedhelm Hacker. Und der war ein Flegel. So derb wie sein Name, meinte Herbert. Überdies war er auch noch Chef bei der freiwilligen Feuerwehr. Was meinen Hang zur Feuerwehr arg auf die Probe stellte. Ich lag auf der Lauer und machte von ihren Beinen einige Fotos, die der Drogist hinterrücks meiner Mutter aushändigte, die mir wiederum den Vater ins Zimmer schickte, der die Bilder vor meinen Augen zerriß.

Ich lernte auf der kleinen Reisemaschine meines Ziehvaters amtliche Schreiben tippen. Ich schrieb mir völlig verstelltes Vokabular. Versah das Getippte mit sozialistischem Gruß. Ich schrieb wohl in einer Nacht drei Zeilen für den Herbergsvater im Internat der Kreishauptstadt, um mich in der Anstalt anzumelden. Ich fälschte den väterlichen Namenszug. Ich setzte auf sein stilles Schweigen. Weil er ein Mann war, der Niederlagen nicht zugab, der eher Unverschämtes geschehen ließ als Blöße zuzugeben.

Ich lernte, den Eltern zu mißtrauen. Briefe, die mir wichtig schienen, über Dampf zu öffnen. Eines Tages wurde bei den Zieheltern angefragt, ob sie nicht auch meine Schwester, von deren Existenz ich erstmals offiziell vernahm, zu sich nehmen wollten. Ich schrieb ungefähr, daß man sich nichts Besseres vorstellen könne und nicht verstünde, warum man so lange mit der Idee zurückstand, und nichts sehnlicher als die baldige Ankunft des Schwesterleins wünsche.

Sie kam dann auch mit zwei Koffern. Ihre Sachen wurden solange gewaschen, bis nichts mehr an ihnen nach Desinfektionsmitteln roch. Ich war da schon ein Diskothekensprecher und nahm die Schwester mit. Ich spielte für sie verbotene Songs. Ich hechelte im Eilzugtempo die lange Geschichte der Rockmusik durch. Ich brachte ihr den so ganz und gar in Vergessenheit geratenen Letkiss bei, eine Gegenschöpfung meines Landes zum Twist der Barbarenstaaten. Man hatte sechzig Prozent Heimatklänge mit vierzig Prozent West zu mischen und die Dosierung wie ein Weltprogramm der UNO in den Raum zu schütten. Ich schleppte die Schwester auf den Bücher-Boden, las ihr Stunden aus den Büchern, die mich einmal beeindruckt hatten. Ich schwärmte ihr von van Gogh und Juri Gagarin, von Zarah Leander und Münchhausen. Ich nahm die Schwester auf Trampreisen entlang der Küste mit. Ich zeichnete ihr im Straßenstaub eine Pyramide und erklärte ihr die verschiedenen Todesweihen auf dieser Welt. Ich schenkte ihr meine Lieblingsschallplatten. Ich sprach ihr von Weltall Erde Mensch.

Und mußte zur Armee.

Als ich Urlaub hatte, war die Schwester wieder verschwunden. Die Mutter meinte, das Mädchen wäre nicht anstellig genug gewesen. Sie hätte frech aufgemotzt, sich nicht mehr so gefügt. Erst habe man ihr das Du entzogen. Dann hätte man sich im Guten geeinigt, daß sie dorthin ziehen könne, von woher sie gekommen. Eine knappe Woche zuvor wäre sie endlich und freiwillig abgezogen. Die Großmutter hatte die Hände vorm Gesicht. Man sah, wie es in ihr brodelte. Die Mutter scheuchte sie in ihren Schaukelstuhl.

Ging es um den gemeinsamen Schulterschluß, waren *dei Minschen von de Küst* sich oft uneins und der Gegner konnte sie nacheinander abservieren und in totalen Ruin treiben, sagte Herbert.

Aus dem Kind das ich war, war ein junger Mann geworden, der nicht gern so stumm in der Kneipe saß. Der beim Dorfbums lieber muntere Sprünge vollführte als ein Mauerblümchen zu knicken. Ich war lebhaft. Ich sprach deutlich mehr als meine gnatzigen Mitmenschen. Die Großmutter empfahl Flucht. Denn sie spürte, wie der Abschied näher rückte. Sie riet, dem Lande nach der Schule den Rücken zu kehren, daß nicht abfärbe auf mich, was im Dorf an Beschränkung quelle.

In jenem November, als meine besten Freunde die Kragen hochschlugen oder aus den Kneipen stolperten, zog es mich ans Wasser. Ich sprang in die See. Die Kumpels verlachten mich. Je ausgelassener ich sprang, desto gebückter standen sie in der Landschaft, vom Wind auf den Buckel geprügelt.

Meine Freunde wurden zusehends Halbgesichtige, die sich der Welt gegenüber zumachten, sich hinter ihren krummen Rücken verschanzten, um alle Belange des Lebens von sich zu schieben. Ich sah sie am Nebentisch altern. Sah sie hinterm Fenster stehen. Sah sie ihre Gardinen zurückziehen, wenn Ungewohntes vorm Haus widerfuhr. Meine ausgetrudelten Brüder soffen sich lebensmüde. Stumm feierten sie die fälligen Feste der Geburt, des Todes, der Liebe. Stumm glitten Eheringe an ihre Finger. Stumm empfingen sie ihre Kinder. Keiner von ihnen hielt nach Menschen Ausschau.

Das Jahr war fast um. Wieder fiel Schnee. O Wandersmann, sang ich, die Hände tief in meine Jackentaschen vergraben, den Pelz hochgestellt, die Pudelmütze tiefgezogen, wandere an solchen Brüdern vorbei, ziehe ohne Hast zum Tor hinaus. Einen wollenen Schal vorm Gesicht, zog ich durchs leere Dorf. Hinter den Scheiben gelbes warmes Licht. Wer will sein Leben lang den Männern der See vom Ufer aus bei ihrer würdevollen Arbeit zusehen? Wie sie die toten Krebse und ungenießbare Fischteile ins Wasser zurückschleuderten. Wenn sie die Planken mit Salzwasser abspritzten, daß der Sud über ihre Stiefel rann. Ich stand neben ihnen, als sie sich die Seile zuwarfen. Gerade weil ich nicht Fischer werden konnte, wollte ich die Bucht am Meer verlassen.

Um nicht weiter gedemütigt zu werden, wenn sie mit ihren fangvollen Holzkisten und blauen Fässern durch mich hindurchzugehen schienen. Wenn sie die glitschigen Reusen in die Anhänger ihrer Motorräder wuchteten. Und, ohne sich um mich zu kümmern, abrauschten. Um die Ausbeute, die säuberlich gehäuften Netze in ihre Lager zu schaffen. Ich sagte mir damals, wenn dir die Fischer bedeuten, daß du keiner mehr von ihnen bist, keiner von ihnen sein wirst, ist es Zeit zu gehen.

Wo du nicht hingehörst, werden die Straßen menschenleer. Kleine Kinder kommen aus irgendwelchen stillen Winkeln auf dich zu. Sehen dich an, als kämst du vom Mond. Oder jagen wie ängstliche Hunde an dir vorbei.

Wo ich herkomme, teilte der Kalender das Jahr in gute und böse Tage. Die alten Frauen saßen beisammen und legten fest, was aus einer Leibesfrucht werden möge. Und sie behielten fast immer recht.

Meine liebste Jahreszeit war November. Meine Kindheit wurde von diesem Monat geprägt. Ich mochte Nieselwetter. Ich erinnere mich, welche Freuden der feuchte Hauch bereitete, besonders wenn er auf mein Gesicht niederging. Es gab blauen Niesel, roten, braunen. Ich meinte aus dem Niesel auf die Welt gekommen zu sein. Ich wollte, wenn ich tot war, schließlich wieder ganz in ihm aufgehen. Ich lief durch die Waschküche und griff nach dem Nebel. Ich hielt ihn in meinen Händen und bildete mir ein, ich könne den Niesel, wie Watte in kleine Bällchen gepreßt, in der Hosentasche verwahrt nach Hause tragen, wo ich ihn in einer Zigarrenkiste unterm Bettgestell verbarg.

Jeder Niesel sei aus Trauer gemacht, sagte der bucklige Herbert, der mit zunehmenden Alter immer seltsamer wurde und, ins kleine Haus zurückgezogen, am liebsten in Finsternis gewickelt saß. Wenn ich es recht überlege, so erinnere ich mich einzig an das Zimmer, in dem der Herbert, ganz für sich, zum Einsiedler wurde.

PETER WAWERZINEK, 1954 in Rostock geboren, aufgewachsen in Rerik und Bad Doberan, Lehre als Textilzeichner, Kunststudium in Berlin-Weissensee, danach zehn Jahre in verschiedenen Berufen tätig, seit 1988 Versuch einer freiberuflichen Existenz. Veröffentlichungen: Es war einmal ...(Parodien), 1990; NIX (Roman), 1990; Moppel Schappiks Tätowierungen (Romanfragment), 1991; seit 1991 zahlreiche Filme und Hörspiele. Klagenfurter Bertelsmann-Stipendium 1991; Berliner Kritikerpreis für Literatur 1991; Hörspielpreis der Akademie der Künste Berlin 1993.

Aus unserem Programm

HEINZ KNOBLOCH
DIE SCHÖNEN UMWEGE
BEOBACHTUNGEN
144 Seiten, gebunden, fadengeheftet

Die »Schönen Umwege« ist ganz aktuell und weist dennoch über das Heutige hinaus. Das ist es ja, was Knoblochs Texte gültig macht, also Literatur ist. Das kann einer oder er kann es nie.
Ekkehard Schwerk, Der Tagesspiegel

… graziöse Prosa …
Roland H. Wiegenstein, WDR

HEINZ KNOBLOCH
NASE IM WIND
ZIVILE ABENTEUER
128 Seiten, gebunden, fadengeheftet

»Knobloch führt Journalismus und Literatur glücklich zusammen. Er beobachtet aufmerksam wie ein Reporter und formuliert genau, wie nur gute Schriftsteller es können«.
Cornelia Geißler, Berliner Zeitung

Krieg ist kein Stoff für augenzwinkerndes Fabulieren, die Nazizeit auch nicht. Doch wenn einer Erfundenes leichthin erzählen will, sollte er es anstellen wie Knobloch. Der allerdings – »Wenn ich erfinden könnte, hätte ich Stücke geschrieben oder richtige Romane« – besteht auf der Wahrheit. Da rettet er sich gerade das Leben – durch Desertion – und macht sich dabei so lächerlich wie nur irgendein Mann. Denn auch seine Hose machte sich auf die Beine: halb hoppelt, halb watschelt Soldat Knobloch der frei gewählten Gefangenschaft entgegen. Und das schreibt er dann fünfzig Jahre später auch noch so auf. Schon dafür würde ihn sicher mancher Militär gern standrechtlich erschießen. Von der Fahnenflucht ganz zu schweigen. Abgeklärt schreibt er, doch jenseits aller Kälte mit praktischer, präziser Sprache und einem lakonischen Witz, bei dem man nie recht weiß, ob man schon bei der Farce angelangt ist oder noch mitten in der Tragödie steckt.
Bascha Mika, Die Tageszeitung